THE BOKUSUI

Terabaru Masayoshi

若山牧水100首英訳

寺原正喜 著

亡き父・巌(いわお)に捧ぐ

Dedicated to my deceased father

序にかえて　Prologue

　生前の父（巖）は、同郷の若山牧水をこよなく愛し、酩酊するとまさに牧水になりかわったかのように短歌を数首朗詠するのを、私は幼いころより耳にしながら育ちました。亡くなる直前の父に、「ふるさとの……」と耳元でささやくと、精いっぱいの口ぱくで、「おすずのやまの　かなしさよ……」とリズムよく応えてくれました。四拍子など意識もしない父は心で牧水を吟じていたのだと思います。私自身も牧水短歌をたまに朗詠して牧水の心を味わっているつもりです。
　二人の故郷（ふるさと）でもある坪谷（つぼや）と牧水記念館（現若山牧水記念文学館）には幾度となく訪れています。牧水と同大学同学部・同学科時代の娘をそこに連れて行った折、正面に飾られていた旅姿の牧水の写真を見るや、「カラスみたい」と娘は即座に言いました。確かにその姿は、なおあくがれ行かんとして飛び立つ前の鳥のようでもあります。
　私も大学では文学部の英米文学を専攻して少し文学の世界を広げました。その後英語の教師をしながら牧水に対する想いを抱き続けてきました。趣味程度に短

歌を創作して、宮崎文芸や牧水青の国短歌賞に作品を出品し、佳作をいただいたりもしました。

数年前には、牧水が名歌を創作したとされる岡山の哲西町（現新見市）に一人旅をし、別な機会に、所沢の神米金(かめがね)（牧水の祖父の実家）や群馬県吾妻郡(あがつま)暮坂峠（みなかみ紀行）を訪れ、牧水の心に少しだけ近づけた気がしています。このように時に触れて牧水を意識しながら生きてきましたが、今回はしっかりとした目的意識を持ち、自分なりの若山牧水短歌の英語による解釈にライフワークとして取り組みたいと心に決めました。

近代短歌を評価する尺度では計り知れない側面を持つ牧水を窪田空穂は、「根本の信じられる人に思えた」と、また岡本かの子は「自然をご飯のように食べ、お酒のように飲んだ……牧水さんが死んで日本の自然も淋しいことであろう……」と「追悼の言葉」に評しています。

その牧水の心、ひいては日本人の心を、牧水をあまり知らない日本人と、できるだけ多くの外国人にも伝

えたいと考えたのです。
　英訳100首の選定を目標にしましたが、9000首近い歌の中から、よく知られた名歌だけでなく、できるだけ年代順に雑誌『新聲』より３首、歌集未収録作品から４首以外は全て、牧水「十五歌集」の中から選びました。
　　平成31年3月吉日

To My Readers

Wakayama Bokusui, who is a native of a village called Tsuboya in Miyazaki Prefecture, came into the world in 1885. At the age of 20 he went up to Tokyo and entered Waseda University. After graduating from the university, he worked for some time as a newspaperman. His interest in verse-writing led him to associate with Onoe Saishu, one of the leading poets of his day. He also made friends with a young bard, Maeda Yugure by name. In such an artistic atmosphere he wrote verse after verse, the sweet rhythm of which captivated the hearts of the younger generation of that time. He left 15 collections of his verses and some witty essays as he wrote some novels and many books on poetry. He also established a poetry magazine, Sosaku or "Original Work", which continues up to this date.

Bokusui was a romanticist, a dreamer by nature and an addict to wander lust, hankering or yearning, "Akugare" in him impelling himself to start for the mountains or the sea. Nowhere, however, could he find "his land" where forlornness will be gone for which he yearned. Still the dreamer must go on chasing his rainbow. Next to travelling he loved sake. And it is said that when he was drunk he took pleasure in reciting his favorite poems. In his work we find a lot of verses on drinking, revealing both the pleasure and sorrow, the bliss and woe, of a chronic drinker. Although some of his earlier verses are rather sentimental, many are so sincere in their mode of composition that those who read them will not fail to love them.

It is my hope that the reader will enjoy the sweet flow of rhythm or natural simplicity in their tone tinged with a feeling of wonder and pathos though my interpretations may leave much to be desired, and appreciate the mellowness of his poetry arising from his profound knowledge of, and keen insight into the mysteries of life and art. He died at the age of 44.

The following are my renderings or interpretations of one hundred of his poems which I admire.

目　次 Contents

序にかえて　Prologue ……………………………………………………… 1

To My Readers ……………………………………………………………… 4

若山牧水100首英訳　　　　　　　　　　　　　　　　　　9

雑誌「新聲」から「第一歌集」まで（18首）
雑誌「新聲」NEW VOICES より ………………………………… 10-13
第一歌集『海の聲』VOICES OF THE OCEAN より ……………… 14-45

「第2歌集」から「第5歌集」まで（20首）
第二歌集『独り歌へる』SINGING ALONE より ………………… 46-55
第三歌集『別離』PARTING より …………………………………… 56-63
第四歌集『路上』ON THE ROAD より …………………………… 64-73
第五歌集『死か芸術か』DEATH OR ART より …………………… 74-85

「第6歌集」から「第9歌集」まで（20首）
第六歌集『みなかみ』UPPER STREAM より ……………………… 86-95
第七歌集『秋風の歌』SONGS OF AUTUMNAL WIND より …… 96-105
第八歌集『砂丘』SANDHILL より ………………………………… 106-115
第九歌集『朝の歌』SONGS OF MORNING より ………………… 116-125

「第10歌集」から「第13歌集」まで（22首）
第十歌集『白梅』WHITE PLUM-BLOSSOMS より ……………… 126-135
第十一歌集「さびしき樹木」LONESOME TREES より ………… 136-147
第十二歌集『渓谷』IN THE VALE より …………………………… 148-157
第十三歌集『くろ土』CLAY より ………………………………… 158-169

「第14歌集」から「第15歌集」・未収録短歌（20首）
第十四歌集『山桜の歌』SONGS OF CHERRIES WILD AND FAIR より ‥ 170-177
第十五歌集　『黒松』THE BLACK PINE より …………………… 178-201
歌集未収録作品 ～ Not included in 15 collections より …………… 202-209

若山牧水の英訳と英語圏における受容について　211

一、作品選択の根拠について ……………………… 212
Reasons for Selecting 100 Poems

二、短歌の英訳の問題（韻律の扱い等）について …… 214
Rhymes and Syllables

三、「白鳥は哀しからずや空の青海のあをにも …… 219
　　染まずただよふ」の英訳に関わる一考察
Annotated Interpretation of the poem, "白鳥は哀しからずや
空の青海のあをにも染まずただよふ"～

四、牧水の『短歌作法』に見る自然感と独自性 … 223
Bokusui's Originality and his Perspective toward
Nature through his book, Composing Poetry

五、現代に生きる牧水 ……………………………… 227
Bokusui in the Present Age

六、英語圏読者にとっての牧水の意義 ……………… 228
Bokusui for Foreign Readers

七、英訳にかかる問題点と今後の課題について … 231
After Interpretation and Challenges For the Future

参考文献　Bibliography ……………………………… 233

あとがき　Epilogue ………………………………… 234

若山牧水100首英訳

雑誌「新聲」より

樹は妙に　草うるはしき

青の国　日向は夏の

香にかをるかな

(明治39年)

（解釈）木々に不思議な驚きを覚え　草は色鮮やかに
整って見事　青の国我が故郷日向は
夏の香りにつつまれているよ

「牧水公園の初夏」(宮崎県日向市東郷町にて)

NEW VOICES

So many trees full of wonder

And the grassy fields neat and fresh

Is my home 'Blue Country', Hyuga

Wrapped up in the scents of summer

　前日向市長・黒木健二さんがこよなく愛された歌で、牧水が大学時代に帰省の折、ふるさと日向を愛おしくこう詠んだ。「妙に」は、「牧水の自然に対する驚嘆の念・霊妙さ」と解釈して、'awe' に近い 'wonder' で表現した。1〜4行目に韻を踏み、全8音節4行詩でまとめた。青の国は、草との連想で 'green' にもとれるが、その背景にある空の青、海の青の 'blue' とした。牧水の心の「青の国」は、'Blue Country' で譲れない。

雑誌「新聲」より

あひもみで　身におぼえゐし

さびしさと　相見てのちの

この寂しさと

(明治40年)

（解釈）逢えなくて寂しい想いを抱いていたが
　　　　会えたあとのこのさびしさは
　　　　いっそうせつないものだ

「日向の海」（宮崎県日向市御鉾ヶ浦海岸にて）

　この歌を、「愛し合うことのなかったあのさびしさも　愛し合えたあとの　このさびしさも　比べようもなく　せつないものだ」
と以前は解釈していた。しかし、俵万智の「牧水の恋」を読んで、この時はまだ牧水は小枝子と深い関係にはなかったことを知った。権中納言の歌の中の、「逢ひ見てののち」

NEW VOICES

Sadness did I always harbor

While I was longing to see you

This bleakness I can hardly bear

Since I was able to see you

の「愛の成就の後」と同じだと理解していたのだ。そこで、この訳に置き換えた。音節も8で揃えて韻を2, 4行目に踏み4行詩にした。「のちの」なので'after'が直訳だが、'since'の方が8音節となり、理由の（ので）にも、時間の（〜以来）の両方にとれるので、含みを持たせるようにした。

　牧水は明治39年満21歳で早稲田の学生だった夏にひょんなことで小枝子に出会った。友人日高園助の失恋話の解決にと、坪谷に戻らず、細島から船で神戸に引き返して赤坂家に行った時、そこの親戚筋であった小枝子が病気療養に来ていたのだ。そこで、一目ぼれしたらしい。人妻であった（牧水は後に知ることになる）小枝子への想いを歌っている。

第一歌集『海の聲』より

われ歌を　うたへりけふも

故わかぬ　かなしみどもに

うち追はれつつ

　　　（解釈）私は詠うのだ　今日も説明できない
　　　　　　　かなしみ達に　とりつかれ追われるように
　　　　　　　歌を創り続けるのだ

「土佐の海」(お遍路途中の高知県土佐市にて)

VOICES OF THE OCEAN

I keep composing poetry

As I do it also today,

Haunted and chased as ever by

Undefined 'Lugubriousness'

　第一歌集として明治41年7月に刊行された巻頭の歌である。「若さゆえこその悲哀、自らの生命の根源としてのかなしみ」とも言える、「故わかぬかなしみども」が擬人化されている。1，2，3行目の最後を 'y' で揃えて、全8音節の4行詩にまとめた。'Lugubriousness'（文語で、「打ち沈んでいること、哀しげなこと」の意）を使い、音節を整えた。

第一歌集『海の聲』より

真昼日の　ひかりのなかに

燃えさかる　炎か哀し

わが若さ燃ゆ

　　　（解釈）真昼間から燃えさかっているのはどんな炎か
　　　　　　恋の炎か　哀しい炎だ　私の中の若さの炎が
　　　　　　燃えさかっているのだ

「真昼日の海」(宮崎県日南市富土海岸にて)

VOICES OF THE OCEAN

In noon's broad light

Burning is my sorrow

In flames of love

Burning is my youth

　『海の聲』は早稲田大学英文科本科の卒業を控えた苦しい自費出版だったが話題にも上らなかった。これは、処女歌集の2首目の歌。青春の、そして恋愛の心の中に潜む悲哀の歌集の中のこの歌も、「哀し」と牧水の心を歌っていて、歌人としての決意も見える。始まりを、交互に 'In' と 'Burnig' で揃えた。音節の揃えも、韻もないが、わかりやすく短く訳した。五七調の歌なので、英語でも最後の4行目をしっかりとためて詠んでほしい。

第一歌集『海の聲』より

海哀し　山またかなし

酔ひ痴れし　恋のひとみに

あめつちもなし

　　　（解釈）海が哀しんでいる　山もまたかなしんでいる
　　　　　　恋の瞳は　陶酔し熱狂しすぎて
　　　　　　この世のものとは思えないほどだ

「海と山」（宮崎県日南市富土海岸にて）

VOICES OF THE OCEAN

Forlorn the ocean appears

Lonely that mountain appears

In the pupils dazed and crazed

Heaven and earth fade away

　明治40年12月27日東京を発ち、千葉の根本海岸に小枝子と10日あまり滞在した時の絶頂の歌である。小枝子とは、明治39年夏に出会い、恋が１年半後に心身共に成就したのだ。『新聲』２月号「海よ人よ」に初出。

　全７音節の４行詩にして、１〜２行目に韻を踏んだ。陶酔し熱狂 'dazed and crazed' している。「あめつち」とは、『万葉集』によく登場する、「天上的なる世界」ではなく、「目に見える世界」を意味する。

第一歌集『海の聲』より

海を見て　世にみなし児の
わが性(さが)は　涙わりなし
ほほゑみて泣く

　　　（解釈）海を見ていると自分が孤児になったように
　　　　　　わけもなく涙が流れてきて
　　　　　　わけもなく微笑んでいる自分に気づく

「日向の海」(宮崎県日向市米の山から)

VOICES OF THE OCEAN

Standing alone at the ocean,

I see myself as an orphan

Without any reason, for doom

Can I not help but sneer and weep

　明治40年23歳の牧水。両親や親戚の期待も裏切り、文学者として東京で生きようとしていた。性とは運命か、若き日の苦悩の歌である。韻は1〜2行目とし、全8音節4行詩とした。'doom'（不幸な運命）を背負い、'sneer'（自分を冷笑し）'weep'（涙を流しながら泣く）のだ。'ee' の音を繰り返してみた。

第一歌集『海の聲』より

白鳥は　哀(かな)しからずや

空の青　海のあをにも

染まずただよふ

　　　　（解釈）あの一羽のかもめは　哀しくないのかなあ
　　　　　　　しっかりと鮮やかな白さで翔んでいる
　　　　　　　空の青や海の青に負けぬように

「かもめたち」(宮崎県日南市富土海岸にて)

White bird!

Are You not sad?

In the sky so blue

Or in the ocean's blue

Not stained, You waft

　明治40年12月に発表した歌である。牧水初期の代表作であり、愛好家に広く朗唱され続けているが、しっかりとそれを受け継ぐ人は少ないのではないか。五七調の５行目を強く詠んでほしい。白の色は、明度は高いが彩度はなく、清浄だが広がりも若さもない。その白のままに漂う鳥に牧水はなりたいのだ。

　'dye'（色に染める）でも 'taint'（汚す）でもない、両方の意味を込めて、'stain'を用いた。

第一歌集『海の聲』より

わが胸ゆ　海のこころに

わが胸に　海のこころゆ

あはれ絲鳴る

　　　（解釈）私のこころから海のこころに　私のこころに
　　　　　　　海のこころから　しみじみとした音が
　　　　　　　ひびき合っているようだ

「波と砂浜」（宮崎県宮崎市青島海岸にて）

VOICES OF THE OCEAN

From my heart

To the ocean's heart

To my heart

From the ocean's heart

Echoes a lonesome voice

　牧水は、少年時代に初めて美々津（日向市）で海を見た。あの時の「あくがれ」とは違う「かなしみ」が、哀れな糸の繊細な音のように双方向に共鳴 'Echoes' しているのだ。牧水ならではの海との一体感である。Toとfromを2回ずつ使い、韻はheartを4回使い、シンプルに訳した。「あわれ」は、'lonesome' に込めた。

第一歌集『海の聲』より

夜半(よは)の海　汝(な)はよく知るや

魂一つ　ここに生きゐて

汝が声を聴く

　　　（解釈）夜の海よ　君はわかってくれているよね
　　　　　　　私の魂が　ここにしっかりと存在して
　　　　　　　君の嘆きを聞いているよ

「夜の港」（宮崎県日向市美々津にて）

VOICES OF THE OCEAN

The ocean at midnight!

Can You detect my soul?

You see it does exist

And listens to Your roar

　明治41年の『新聲』2月号の「海よ人よ」に初出。「汝」（な、なれ）と二人称で呼びかけている。牧水にとって海は神に近い存在であり、「私の魂」と「海の声」をここでも一体化している。全6音節で4行詩にまとめた。夜半の海に'You'と呼びかけて、主語を統一して解釈した。牧水の魂が、君（海）の声・嘆き'Roar'（海の轟）を聞いてあげているのだ。

第一歌集『海の聲』より

ああ接吻(くちづけ)　海そのままに

日は行かず　鳥翔(ま)ひながら

死せ果(う)てよいま

　　　（解釈）ああ　口づけ　海よ　そのままでいてくれ
　　　　　太陽も動かずにそのままに
　　　　　鳥よそのまま失せてしまえ

「若き日の小枝子」(『若山牧水新研究』より)

VOICES OF THE OCEAN

Oh, sweet and blissful kiss!

May the ocean stay calm

May the sun cease to move

May the birds flying yonder

Be gone now forever

　明治41年新春、園田小枝子と千葉県の根本海岸に滞在した。同年の『新聲』2月号の「海よ人よ」に初出。6－6－6－7－6音節で5行詩でまとめて、全31音節にした。韻は4〜5行目に踏んだ。

　若き日の恋の恍惚感の祈りに似た想いだと解釈し、「ああ接吻」は'sweet and blissful kiss'（甘くて、喜びに溢れた口づけ）とし、「祈り」の'May'を3回繰り返した。

第一歌集『海の聲』より

海あをし　青一しづく

日の瞳(まみ)に　点じて春の

そら匂はせむ

　　　（解釈）海の青のその一滴を　太陽の光の中に
　　　　　　垂らしてみて　空の青をさらに美しく
　　　　　　映えさせてみたいものだなあ

「空海(くうかい)(弘法大師)も眺めた海」(高知県室戸岬にて)

VOICES OF THE OCEAN

How blue is the ocean!

A cobalt drop of that

Shall be dropped in the sun

And in the spring azure

Shall be scintillating

　明治41年『新聲』1月新春特別号の「われ歌をうたへり」の30首の中に初出。「匂ふ」は照り映える、輝くの意味だが、空の光が青く匂うように照り輝いているようにも思われる。 全6音節5行詩で、30音節にした。'drop'~'dropped', 'Shall be~in', 'in~Shall be' とつないでみた。

第一歌集『海の聲』より

青の海　そのひびき断ち
一瞬(いっしゅん)の　沈黙(しじま)を守れ

日の声聴かむ

　　　（解釈）青い海よ　その響きをやめてくれ
　　　　　　一瞬でもいいから沈黙を守ってくれ
　　　　　　日の声を聞いてみたいから

「岬から朝日が昇る海」(高知県足摺岬にて)

VOICES OF THE OCEAN

Blue Ocean!

Cease to roar

Be silent but a moment;

I shall listen to

The voice of the sun

　「青の海よ」と、ここでも二人称の呼びかけで始めている。一体である筈の海に対して、今度は、「太陽の声が聴きたいから黙っていてくれ」とわがままの極みである。真面目に海に頼み込んでいる牧水の想いがいじらしい。
　５行で軽やかに訳したが、他の歌と同様に五七調なので、４行目・５行目をゆったりと詠んでほしい。'but' は、'only'（〜だけでいいから）' の意味である。

第一歌集『海の聲』より

十五夜の　月は生絹(きぎぬ)の
被衣(かつぎ)して　男をみなの
寝し国をゆく

（解釈）今年の十五夜の月は　白い雲が尾を引きなが
　　　ら　薄らかかっていて　まるで生絹(きぎぬ)の被衣(かつぎ)を
　　　ひるがえしているようだ
　　　この国の男とそして寄り添う女達が　それぞ
　　　れの物語を紡(つむ)いでいるようにね

「生絹被(きぎぬかつぎ)」の満月（宮崎県宮崎市高洲町にて）

The harvest moon with silken veil

Of thin clouds is seen to creep

Over the land, and to watch well

Men and women locked in sleep

　4行詩で1、3行目の最後は、'l'で揃えて、2～4行目に韻を踏み、8－7－8－7の全30音節にした。「十五夜の月」は、'The harvest（収穫の）moon'という。絵画的、物語的な歌である。'creep'には、「忍び足で寄る、ぞっとする」の意味がある。

第一歌集『海の聲』より

日向の国　むら立つ山の

ひと山に　住む母恋し

秋晴(あきばれ)の日や

　　　　（解釈）日向の国の　群がり立っている山々の　一つ
　　　　　　　の山の麓に住む母が　恋しく思い出される
　　　　　　　こんな秋晴れの日には

「日向の山々」（宮崎県日向市〈米の山の歌碑〉より）

VOICES OF THE OCEAN

In Hyuga, my land

On that yonder foot she lives

Deep in the mountains

I miss my mother deep down

On this fine autumnal day

　日向の海が見渡せる米(こめ)の山(やま)山頂に歌碑が建てられている。歌碑にこの歌を確かめながら、西を見渡せば、群ら立つ山々が連なり、その向こうにお鈴の山が見えるはずである。あえて５－７－５－７－７の音節で５行詩にした。２回の 'deep' を味わってほしい。米の山に登り、西を眺めて口ずさんでほしいものだ。

第一歌集『海の聲』より

水の音に　似て啼く鳥よ

山ざくら　松にまじれる

深山(みやま)の昼を

　　　（解釈）水の流れのように啼く鳥がいる
　　　　　　昼の深山の松の木の間に
　　　　　　山桜が咲いているのが見える

「坪谷より奥山の山桜」（宮崎県日向市東郷町にて）

明治39年5月の作。贅沢にも牧水の好きなものが、水、鳥、山桜、松、深山と5つも入った、例にも

VOICES OF THE OCEAN

Listen to yonder birds chirping!
They sound like water streaming
Deep in the sun-lit mountains
Amongst some of the pine trees,
Sprinkled wild cherry blossoms

Listen to yonder birds chirping
Which sing like the trickling of stream
Amidst the deep mountainsides
Sun-lit cherries mingle with pines

れず大和言葉だけの牧水調の傑作である。この歌に酒は不要かと思う。前訳は、韻を１～２行目に踏んで、３，４，５行目の最後を's(z)'の音で揃えた。後訳は、８－８－７－８で全31音節４行詩とした。

第一歌集『海の聲』より

けふもまた　心(こころ)の鉦を

うち鳴し　うち鳴しつつ

あくがれて行く

（解釈）今日もまた　巡礼のように　心の鉦を
　　　　打ち鳴らし　打ち鳴らしながら
　　　　何かにあこがれて　旅を続けるのだ

「お遍路で出会った外国人」
（愛媛県松山市鷹子町にて）

　牧水は明治四十年早稲田大学時代の夏季休暇に岡山に向かい、新見の二本松峠にたどり着く。そこは、その昔備中と備後の警備がなされ人馬の往来もはげしかった所だそうだ。今は再現された「熊谷屋」が残っている。「あくが

VOICES OF THE OCEAN

Undeterred, today I'll travel

As if I ring my inner bell

Like a Pilgrim pressing ahead

I hanker for something beyond

れ」(古語の心から魂が抜け出てさまよう) の意で詠われている。現代の意味でも十分に理解できる。

　全8音節4行詩で、1〜2行目に韻を踏み、3，4行目は最後を 'd' の音にして、四行目に重心を置いた。'a Pilgrim' は「巡礼者」のことである。昔、愛車ラパンでひとり旅をして、この歌碑に"あくがれ"を献酒した。

第一歌集『海の聲』より

幾山河　越えさり行かば

寂しさの　終(は)てなむ国ぞ

今日(けふ)も旅ゆく

　　　（解釈）一体幾つの山や川を越えていけば
　　　　　　寂しさが果てる国にたどり着けるのか
　　　　　　それを求めて今日も旅を続けるのだ

"幾山河"の旅の牧水」
（『写真帖』より）

　前作と同じ旅で作られた。旅の歌として現代でも広く愛誦されている。上田敏の『海潮音』の影響も指摘される歌である。『自歌自釋』には、「人間の心には、眞實に自分が生きてゐると感じてゐる人間の心には、取り去ることのできない寂寥が棲んでゐるものである。行けど行けど盡きない道の様に、自分の生きてゐる限りは續き續いてゐる

VOICES OF THE OCEAN

How many mountains

And rivers shall I walk o'er

Till I reach that land

Where forlornness will be gone?

Today I'll also journey

　その寂寥にうち向うての心を詠んだものである」とある。「幾山河」という牧水の造語は、「あくがれ」の意味でも壮大な万人のための山や河であるべきで、目の前の'hill'や'stream'では軽い。'Forlornness'には、あえて'my'をつけずに、誰にも共通の寂しさとした。

　「はてなむ」は初めは「終てなむ」だったが、「果てなむ」とも取れそうで、'gone'とした。音節は、5－7－5－7－7で揃えて'must'より'shall I～?'と前向きに解釈した。「寂しさがはててしまう国なぞあるわけがないが、さあ、足取りは軽やかに歩み続けるぞ」という思いを、5行目に込めた。"o'er"は'over'のこと。

第一歌集『海の聲』より

檳榔樹の　古樹(ふるき)を想へ
その葉蔭(はかげ)　海見て石に
似る男をも

　　　（解釈）檳榔樹の古い木を想像してください
　　　　　　その葉陰で海をみてあなたを想って
　　　　　　石のように立っている男のことをもね

「檳榔樹の下の愛犬シェン」(宮崎県宮崎市青島にて)

VOICES OF THE OCEAN

Think of the old tree

Of betel-nut palms

And think of the man

Standing in its shade

Like a dead rock at sea

　大学4年の夏休みに旅に出て、故郷坪谷に戻り、その後青島・都井岬・油津に遊んだ。「日向の青島より人へ」の詞書がある。「人」とは、旅に出る前に武蔵野を共に歩いた園田小枝子の事である。青島の葉陰にいると、牧水の海見る姿が見える気がする。韻も音節も気にせず、言葉通り素直に訳した。'dead rock' とは、まさに牧水の姿である。

第二歌集『独り歌へる』より

いざ行かむ　行きてまだ見ぬ

山を見む　このさびしさに

君は耐(た)ふるや

　　　（解釈）さあ進んでいこう　まだ見たことのない山を
　　　　　　求めて　この我が胸に潜む寂しさに
　　　　　　君は耐えきれるだろうか

「お遍路途中の讃岐(さぬき)の山」（徳島県名西郡神山町にて）

SINGING ALONE

I'll advance now, for I hanker

For the mountains I've not yet seen

Could you endure this loneliness

Lurking deeply in my bosom?

　『独り歌える』は明治43年1月に刊行された。明治41年4月から明治42年7月までの作品が収められている。明治41年4月に小枝子あてにこの歌を詠んだらしいが、九州の友人宛に手紙で送った。恋人との恋の苦しさや寂しさを打ち明けたとされる。全8音節の4行詩とした。万人に語りかけてくる切なさがある。

第二歌集『独り歌へる』より

摘みてはすて　摘みてはすてし

野のはなの　我等があとに

とほく続きぬ

　　　　（解釈）野の花を摘んでは捨て　摘んでは捨て
　　　　　　　　振り返ると　二人でたどってきた道に
　　　　　　　　その野の花達が遠くまで続いて見えた

「百草園の小径」（東京都日野市にて）

SINGING ALONE

Walking along the mountain paths,

Little wild flowers have we picked

And thrown them away time after time;

Calmly looking back in the distance,

We see them in a long, contiguous line

　小枝子と百草園(もぐさえん)（日野市）で数日滞在した。5月の山道を楽しそうに散歩したのだろう。二人野の花を摘んでは捨て摘んでは捨てしながら仲良く歩いた。山の斜面に作られた庭園だが、今でも山際の細道が続いている。その頃はもっと自然に恵まれ、野の花も何処其処に見られたに違いない。二人のゆったりとした時間を、43音節で訳した。私も長女と園やその周辺を散策したことがある。

第二歌集『独り歌へる』より

父の髪　母の髪みな

白み来ぬ　子はまた遠く

旅をおもへる

　　　（解釈）父の髪も　母の髪も　齢を重ねて
　　　　　　白くなったが　その息子（私）は
　　　　　　ふる里を離れる遠い旅を想っている

「ありし日の著者の父母」

SINGING ALONE

Father's hair is turning gray

So is Mother's hair;

Their child is having again

An illusion of going far

Away from this hometown

　明治41年9月上旬、大学を卒業して帰郷したが、就職もせず家にも戻ろうとしない牧水に故郷の人達は冷たかった。父64歳、母61歳で牧水24歳。母は病気で寝込んでいて、逃げるように坪谷を後にした。「旅」を父母の側から捉えて、illusion（幻想・思い違い）と解釈してみた。

第二歌集『独り歌へる』より

相むかひ　世に消えがたき

かなしみの　秋のゆふべの

海とわれとあり

　　　　（解釈）向かい合いながら　消え難い悲しみを持った
　　　　　　　　秋の夕べの海と私が　ここに共にしっかりと
　　　　　　　　存在しているよ

「美々津の夕べ」(宮崎県日向市美々津にて)

SINGING ALONE

Coming face to face

In this autumnal evening

With sorrows indelible

Do the sea and I persist

　情熱的な恋の歌を詠んでいた時、「海はわがために魂のみなもとなり」と語ったような溢れるような熱情の海とは正反対に、悲しみの海は牧水をさらに孤独にするのだ。'indelible' は「ぬぐうことのできない」の意。「海とわれ」の存在を誇張して、'Do' 〜 'persist' を使って解釈してみた。

第二歌集『独り歌へる』より

あめつちに　わが残し行く

あしあとの　ひとつづつぞと

歌を寂(さ)びしむ

　　　（解釈）この世界に　私が残していく足跡として
　　　　　　　私が残していく　私の一つ一つの歌を
　　　　　　　私は寂しく大切に想っている

「牧水像のレプリカ」（群馬県吾妻郡中之条町にて）

明治42年、1月下旬から2週間ほど房総半島の布良海岸に一人で出かけた。小枝子との思い出の海で、心を慰めようとして、昔訪れた根本海岸の近くの海にや

| SINGING ALONE

Leaving my footprints,

I compose a poets's verse

After another

I find myself desolate,

Reciting each trace alone

ってきた。海の向こうに見える三原山の煙さえ寂寥感を誘うのだが、この歌も、自己否定のような寂寥感が漂う歌である。

　「あめつちに」は、footprintsとtraceに込めながら、音節を、5－7－5－7－7とした。朗誦しながら想いに浸っていたと思われる。's'の音を多くして「寂しむ」牧水の心を表現してみた。暮坂峠に旅をした折、沢渡温泉公民館で盗まれた「牧水像」に出くわした。

第三歌集 「別離」より

吾木紅(われもかう)　すすきかるかや

秋くさの　さびしききはみ

君におくらむ

(解釈)　目の前の　吾亦紅にすすき　かるかやの
　　　　秋草のとっておきの寂寥感を
　　　　君の心に　すぐにでも送りたい

「吾亦紅」

第3歌集は明治43年4月に刊行された。『海の聲』『独り歌へる』を合わせ、新作、旧作を加えた。早稲田の学生になった牧水は宮崎県西郷村（現東郷町西郷区）出身の歌人、小野葉桜と同じ麹町の下宿に住んでいた。そこで内田も

PARTING

Burnets, silver grass

Thatching grass,

Autumnal height

Of their pathos

Shall I send you ?

よという女性と知り合う。もよは玉川に住んでいて、脚気に病んでいた牧水は明治37年8月半ばから一か月ほど玉川の内田家のある住居で世話を受けることになる。もよの片想いという説が有力だが、牧水が好意を寄せていたらしい。この歌は、林芙美子「清貧の書」という小説にも引かれている。サ行、カ行の調べが効いていて、もよに対する想いが込められているらしい。

　5行詩で、1～2行目に韻を踏み、少なめの音節で歯切れよく訳してみた。「さびし」にはpathos（文学的哀調）を使って訳した。s(s)の音をたたみかけて静けさ（寂しさ）を忍ばせた。

第三歌集 「別離」より

はつ夏の　山のなかなる

ふる寺の　古塔(たふ)のもとに

立てる旅びと

　　（解釈）夏の初めの山の中に　古寺が立っている
　　　　　　そこにある　ゆかしい五重塔のそばに
　　　　　　一人旅人が静かに立っている

「土佐の竹林寺」(高知県高知市にて)

PARTING

In the mountains, early summer

You can see an ancient temple

'Neath its five-storied pagoda

Silently stands a wayfarer

　明治40年夏、帰省途中の旅で山口県に入り、大内文化の古都、山口の瑠璃光寺を訪れた。そこで五重塔を仰ぎながら「山静けし山のなかなる古寺の古りし塔見て胸仄に鳴る」と「海の声」で詠み、「別離」ではこのように改作された。

　4行全8音節に揃えた。韻を1〜4行目に踏み、'wayfarer'を強調して最後に置いた。"'Neath"は、'Beneath'（〜の下に）の短縮形である。

第三歌集 「別離」より

山ねむる　山のふもとに

海ねむる　かなしき春の

国を旅ゆく

　　　（解釈）山がねむっている　そのふもとに
　　　　　　海もねむそうだ　いとしくかなしい国を
　　　　　　二人旅ゆくのだ

「牧水が若き日に登った'愛宕山'より」（宮崎県延岡市にて）

PARTING

Yonder mountains lie so sleepy

At their foot lies the sea drowsy

Passing through this lonely country

This spring we go on our jurney

　明治41年新春、房総半島、根本海岸に小枝子と二人で出かけた。この時、二人の恋愛が激しさを増すきっかけとなった。「かなしき」とは自然、小枝子、自分、そして運命へのいとしさともとれる。

　'lonely'には、マイナスのイメージも伴うが、牧水が絶頂期に向かいながらも、あとに来る運命を予感していたように解釈してみた。4行詩8音節で、全行に韻も揃えた。

第三歌集 「別離」より

ふるさとの　お秀(ひで)が墓に
草(くさ)枯(か)れむ　海にむかへる
彼(か)の岡の上(へ)に

　　　（解釈）ふるさとのお秀さんのお墓の周りは　今頃
　　　　　　枯れ草がいっぱいだろう　海に向かう墓は
　　　　　　岡に寂しく立っているだろう

「牧水歌碑」（宮崎県日向市細島にて）

PARTING

All around Ohide's grave stone

Many weeds would be withering

On that desolate hill facing

The ocean in my native home

　明治42年秋の作品である。「お秀」とは、明治40年の秋に亡くなった友人、日高秀子のこと。牧水は、学生時代に、日本女子大学英文学部の学生だった秀子と親交を交わしていた。4行8音節で揃え、韻は2〜3行に揃えた。日向市細島の御鉾ケ浦（みほこがうら）（海水浴場）の岡に歌碑がある。牧水の親友の平賀春郊（財蔵）と3人で散策したあたりである。

第四歌集 『路上』より

海底(うなぞこ)に　眼(め)のなき魚の

棲(す)むといふ　眼の無き魚の

恋しかりけり

　　　（解釈）深い海の底には　眼がない魚が棲んでいるら
　　　　しい　何も見えない魚が羨ましい
　　　　戀しく思うほどだ

「海底のイメージ」

ON THE ROAD

On the bottom of the ocean

There dwells a no-eye fish, 'tis said

And if only I could become

Such an eyeless creature down there!

　『路上』は明治44年9月に刊行された。明治43年1月から翌年5月までの作品をまとめた。これは巻頭の歌である。明治42年恋人小枝子に妊娠という思いがけない出来事が起こった。同12月に中央新聞社を退社している。他の男性がいたので、小枝子に対する疑惑を抱きながら苦悩していた頃の心を詠んでいる。

　全8音節でまとめて4行詩とした。'tis は 'it is' の短縮形。

第四歌集 『路上』より

歯を痛み　泣けば背負ひて
わが母は　峡(かひ)の小川に
魚を釣りにき

　　　　（解釈）幼き日　歯が痛くて私が泣いていると　母は
　　　　　　　私を背負って　山間の狭いところを流れている
　　　　　　　川に行って　魚を釣ってくれたものだった

「峡の小川」（宮崎県日向市東郷町坪谷
にて）

ON THE ROAD

While I was crying as a child

Because my teeth were aching dead,

My mother took me on her back

To the rill and fished in the vale

　「私は5歳くらいから歯を病んだ。右も左も齲歯だらけで、痛み始めると果たしてどの歯が痛むのだか解らなくなり、まるで顔から頭全体が痛むかの様に痛んできた。そんな場合、おいおい泣きわめいてゐる私を抱いて一緒に涙を流してゐたのは必ず母であった」と「おもいでの記」にある。4行全8音節でまとめた。

第四歌集 『路上』より

ふるさとは　山のおくなる

山なりき　うら若き母の

乳にすがりき

　　　　（解釈）ふるさとは　山の奥にあった
　　　　　　　まだ若い母に抱かれて　その母の乳房に
　　　　　　　すがりついたものだったなあ

「著者の父の直筆」('牧水全国歌碑集'
の最終ページより)

ON THE ROAD

Was my dear hometown

In the vale and it was deep

Among the mountains

I remember sucking on

The breast of Vernal Mother

　『おもいでの記』に、「さわり、さわりと微かな音を立てながら深い藪の中で前かがみになって筍を探して行く彼女の姿を、私は今でもありありと眼の前に描くことが出来る」と書き、幼い頃のイメージが大人になっても鮮やかに残っていた。
　5－7－5－7－7音節を試みた。「うら若き母」を、'Vernal Mother'とした。父がよくこの歌を朗詠した。

第四歌集 『路上』より

かたはらに　秋ぐさの花

かたるらく　ほろびしものは

なつかしきかな

　　　　　（解釈）寝ころんでいると　あたりの　秋の小さな
　　　　　　　　　花達が　語りかけてくるようだ
　　　　　　　　　「過ぎ去ったものはいとしいものだなあ」と

「秋ぐさの花」

ON THE ROAD

Lying down in the field lonely,

Tiny flowers of autumn grass

Talk to me in whispers gently

'How lovely were those olden days!'

　小枝子との泥沼の苦しみを忘れるため、飲み続けた酒で体調を崩し、『創作』の編集を友人に任せて旅に出る。明治43年9月、早稲田時代の友人飯田蛇笏を訪ねて、山梨県東八代郡境川村(現笛吹市)に滞在した後、病気療養のため、約2か月以上小諸に滞在する。
　この歌の「ほろびしもの」は、小枝子との想い出だけでなく、過去への郷愁が隠れている気がする。4行全8音節で、1〜3行目に韻を踏んだ。

第四歌集 『路上』より

白玉(しらたま)の　歯にしみとほる

秋の夜の　酒はしづかに

飲むべかりけり

　　　（解釈）私の愛する酒よ　歯に心に沁みてくるよ
　　　　　　秋の今夜ちびりちびり　私一人だけの世界で
　　　　　　飲む酒の最良の時間だよ

「晩年の牧水」(『写真帖』より)

ON THE ROAD

Between my teeth at autumn's night

Is o-sake permeating

Quietly sipping it alone

Is the greatest pleasure in life

　大正14年に出した随筆、『樹木とその葉』の「酒の讃と苦笑」のなかに、「乾いてゐた心はうるほひ、弱ってゐた心は蘇り、散らばってゐた心は次第に纏まって来る」と書いている。これは小諸での作。生涯で約300首の酒の歌を詠んでいる。
　「白玉」は「真珠のように白くて美しい」という意味で、牧水の自己陶酔のイメージを、'Between my teeth'から始めて4行目に込めた。全8音節でまとめた。

第五歌集 『死か芸術か』より

蒼ざめし　額(ひたひ)つめたく

濡れわたり　月夜の夏の

街を我が行く

　　　（解釈）月の光に照らされて　いっそう蒼ざめた
　　　　　　　私の額はつめたく濡れたように光って
　　　　　　　夏の夜を　私は一人歩いていくのだ

「夏の夜の月」（宮崎県宮崎市高洲町にて）

DEATH OR ART

My moonlit forehead, shining wet

Cold and pale

I wonder through this lonely town

One summer night

　大正元年9月に刊行された第五歌集の巻頭の歌。恋愛の破綻で深夜の街をさまよう青年の感傷的な失意の想いが溢れている。明治44年9月頃、「しのびかに遊女が飼えるすず虫を殺してひとりかへる朝明け」と、不気味な歌も詠んでいる。4行詩で、1，4行目の最後を 't' の音で、また1〜2行目と、3〜4行目を「長〜短」で揃えて、'One summer night'（ある夏の夜）で物語風に終えた。

第五歌集 『死か芸術か』より

なにゆゑに　旅に出づるや、

なにゆゑに　旅に出づるや、

なに故に旅に

　　　　（解釈）心の叫びを聞いてくれ　私は何のために
　　　　　　　旅にでるのだろう　何が私を……
　　　　　　　この抑えられない想いはいったい……

「'なりきり牧水'の仲間と」(牧水生家にて)

DEATH OR ART

Why do I start a journey?

What urges me toward it?

How come I set off again

On inveterate journeys?

　明治45年、28歳の3月新しい短歌雑誌創刊の準備のため、長野県から山梨県への旅に出た時の歌だ。「信濃より甲斐へ旅せし前後の歌16首」の詞書のある歌の中の1首である。

　4行詩で全7音節にまとめた。「なにゆゑに」を、'Why~?, What~?, How come~?'と別にして、'inveterate journeys'（やみつきの旅）とした。

第五歌集 『死か芸術か』より

山に入り　雪のなかなる
朴(ほほ)の木に　落葉松(からまつ)になにと
ものを言ふべき

　　　（解釈）雪の中に葉を落として立っている朴の木や
　　　　　　落葉松に　なんと声をかけたらいいんだろう
　　　　　　君達のために　僕の心は

「雪の中の落葉松」

DEATH OR ART

Have I come in deeper mountains

Have I found You covered with snow

O, magnolias and larch trees!

What do I have to say to You?

　「何ゆえに〜」と同じ旅での歌。『独り歌へる』の「自序」に「人生は旅である」そして、「歌を以て私のその一歩々々のひびきである〜（中略）〜私の命の砕片である」と述べている。まだ山は雪の季節で、朴(ほほ)の木に落葉松(まつ)に対する二人称の呼びかけの歌と解釈して、'You?'で終え、4行8音節で揃えた。

第五歌集 『死か芸術か』より

初夏の曇りの底に

桜咲き居り　おとろへはてて

君死ににけり

　　　　（解釈）初夏のような天気の４月　どんよりと曇った
　　　　空に桜が咲いた　君はすっかり衰えはてて
　　　　ついになくなってしまった

「八重桜の下の少女」(宮崎県宮崎市中央公園にて)

DEATH OR ART

Early summer day

Double cherry blossoms blow

Under pallid skies

Having been withered away,

Solemnly you passed away

　明治42年の歌。詞書の中に、「4月13日午前9時、石川啄木君死す」とある。二人の作風は異なるが、晩年最も心を許しあった。死を看取ったのは、家族以外は牧水だけだった。
　5－7－5－7－7の音節とし、1～4～5行目に韻を踏んだ。同じ日、「君が娘は庭のかたへの八重桜(やえざくら)散りしを拾ひうつつともなし」とも詠んでいる。

第五歌集 『死か芸術か』より

かんがへて　飲みはじめたる

一合の　二合の酒の

夏のゆふぐれ

　　　（解釈）何かを思いながら　飲み始めたのだが
　　　　　　一合が二合となり酒のすすむ
　　　　　　夏の夕暮れであることだなあ

「牧水生家二階」（宮崎県日向市
東郷町坪谷にて）

DEATH OR ART

Musing, I start to drink sake

One tokkuri*, then another

I amuse myself in the dusk

At the beginning of summer

slim bottle*

　明治45年6月の作品。『自歌自釋』では、「よさうか、飲まうか、さう考へながらいつか取り出された徳利が一本になり二本になってゆくといふ場合の夏の夕暮れの静かな気持ちを詠んだものである」とある。

　1,3行目の終わりを 'k' の音で揃えて、2〜4行目に韻を踏み、4行全8音節にした。'muse' は「思いめぐらす」、'amuse' は「楽しませる」の意。大正8年5月、『新潮』所収「どうでもしなはれ」[若山牧水氏の印象]に、「彼こそ本統の酒仙であろう」と記されている。

第五歌集 『死か芸術か』より

夏の樹に　ひかりのごとく
鳥ぞ啼く　呼吸(いき)あるものは
死ねよとぞ啼く

　　　　（解釈）木々の中で鳥たちが　夏の光のように
　　　　　　　　鋭い声で鳴いている　息をする生き物皆
　　　　　　　　「死んでしまえ」とでも言うように

「夏の鳥」

DEATH OR ART

In the leafy trees

Like glittering summer lights

Are singing some birds

As if they are telling us,

'All living creatures must die'

　「死か芸術か」の前半は、「路上」に続いて絶望的な色彩が強い。後半は、徐々に前向きな姿勢がみえてくる歌が多い。「死ねよとぞ」と歌っているが、「ひかりのごとく鳥ぞ啼く」と明るさも感じられるように思う。音節を5－7－5－7－7とまとめた。1～4行目の最後を、音は様々だが、's'で揃えた。

第六歌集 『みなかみ』より

ふるさとの　尾鈴の山の

かなしさよ　秋もかすみの

たなびきて居り

　　　（解釈）ふるさと日向のお鈴の山は
　　　　　　変わらずいとしい山だな　秋なのに
　　　　　かすみが漂っているよ

「歌碑より尾鈴を眺む」（宮崎県日
向市東郷町坪谷にて）

UPPER STREAM

Back in my hometown

How lovely that mountain is,

My dear 'Osuzu'!

A haze even in autumn

Hanging over on 'your' slope

　明治45年7月20日、「父、危篤」の連絡を受け、故郷坪谷村に帰省する。翌大正2年5月まで滞在した。第六歌集はその時の506首を収める。その巻頭の歌がこの歌だ。
　親戚一同から坪谷に残って仕事を見つけるように詰め寄られる牧水の心は、揺れながらも文学への夢をさらに大きく膨らませていくのだ。秋なのに、霞がかかっているように見えるのは牧水の涙か、心か。5行詩で音節を5－7－5－7－7とした。

第六歌集 『みなかみ』より

飲むなと叱り　叱りながらに
母がつぐ　うす暗き部屋の
夜の酒のいろ

　　　（解釈）飲むなと　叱り　叱りながら
　　　　　　　母が注いでくれる酒をじっと見つめている
　　　　　　　薄暗い屋根裏部屋の酒の色を

「こんな部屋ではなかったか…」
(牧水生家にて)

UPPER STREAM

Scolding, "Don't drink much",

My Mom is pouring sake

Into my choko*

I gaze down at it mutely

In a dimly-lit attic

sake cup*

　母も酒を愛した。母と子をつなぐ深くてしみじみとした酒の色は、牧水には一体どんな色に見えたのだろうか。破調の歌だが、5－7－5－7－7と音節を揃えて5行詩とした。「酒を見つめている」は 'stare at'（驚き、好奇心で見つめる）より、'gaze at'（愛情をもってじっと見る）と解釈した。

第六歌集 『みなかみ』より

納戸の隅に　折から一挺の
大鎌あり、汝が意志を
まぐるなといふが如くに

　　（解釈）納戸の部屋の薄暗い隅の方に大きな草刈鎌が
　　　　　かかっている　「自分の意志を曲げてはいけ
　　　　　ないよ」　と言っているようだ

「このような鎌であったか」（宮崎
県総合博物館にて）

UPPER STREAM

Just when I enter the storeroom,

On its gloomy corner

I find an old scythe hanging;

It persists as if

To tell me not to warp my will

　「父危篤」の知らせを受けて、ふるさと坪谷村に帰省した時、身内からの反対を押し切って、東京に戻って歌の道を貫こうとする牧水の葛藤がこの歌には隠れている。破調の歌なので、音節も全34と長くなり、韻も考えない5行詩とした。existでなく、persistで、大鎌の存在を強調した。汝'you'をあえて'my'とした。

第六歌集 『みなかみ』より

言葉に信実あれ、

わがいのちの沈黙より

滴り落つる短きことばに

　　　（解釈）短い言葉の中に　真実を刻み込みたい
　　　　　　それらは私の存在の内にある
　　　　　　沈黙(しじま)から滴り落ちてくるのだ

「大正13年の牧水の書簡」（宮崎県東臼杵郡門川町
法泉寺所有）

写真は、大正13年牧水が40歳の折、父の13回忌法要に来てくれるように、坪谷から当時の法泉寺住職、甲斐徳恵（母方の叔父）にあてた手紙文。従来の書簡集

UPPER STREAM

Let the instilled truthfulness

Into the short words' essence

Trickling down from the silence

Within my own existence

にはなく、友人の甲斐哲也君より写真を入手した。
　大胆な破調、自由律の第六歌集の、「故郷」に続く「黒薔薇」の１首である。４行７音節で揃えた。全行に同じ 's' の音を揃え、２〜３〜４行目に韻を踏んだ。言葉で生きていくと決めたのに、故郷の牧水を非難する声（言葉）に苦しめられる。短歌という言葉が、どれほどに真実を語れるのか、自分の命の存在を確かめている。

第六歌集 『みなかみ』より

海よかげれ　水平線の

黝みより　雲よ出で来て

海わたれかし

　　　　　（解釈）まぶしい海よ　翳ってくれ　そして水平線の
　　　　　　　　　あおみがかった黒いところから
　　　　　　　　　雲よ湧きいで　海をわたっていってくれ

「歌碑より海を眺む」(宮崎県日向市美々津にて)

UPPER STREAM

Shortly be obscured, bright ocean!

So that 'many clouds' would gush out

From the dark horizon yonder

For me, may 'you' cross the ocean

　大正元年11月に父が脳溢血で68歳で亡くなり、葬式のために帰省する。翌年1月初旬より、2月初旬にかけて九州沿岸を一周した。2月下旬に母から上京の許しを得た。そして3月中旬頃、美々津に出かけた。その時の一首である。
　「坪谷に残ってほしい」と願う母親たちに、後ろ髪を引かれながらも上京したい想いが読み取れる。4行全8音節として、1〜4行目に韻を踏んだ。'many clouds'が'you'であることを示した。

第七歌集 『秋風の歌』より

しみじみと　おとぎ噺を
かたり合ふ　児等ありき街路(まち)の
夕やみのなかに

　　　（解釈）夕暮れの街を歩いていると
　　　　　　　子供たちがおとぎ噺を語り合っていた
　　　　　　　心癒される思いだったなあ

「夕暮れ時の児等」(宮崎県宮崎市高洲町にて)

SONGS OF AUTUMNAL WIND

I came across children talking

Of something like a fairy tale

To their friends on the street keenly

In the deepening gloom at dusk

　『秋風の歌』は大正3年4月に刊行された。同2年初夏から、翌年春頃の作品を収めている。『みなかみ』のような破調の歌は少なく、妻子との現実生活が定型で歌われている。この頃よく郊外を散策した。護国寺の森、養樹園、鬼子母神の森などを歩いていたことなどが随筆に書かれている。その時の夕方の街角での風景に足を止めたのだった。4行全8音節で整えた。

第七歌集 『秋風の歌』より

いまだかつて　おもふがままに

とぢしこと　なかりし如く

眼を瞑ぢにけり

　　　　　（解釈）これまでに　思いきって　閉じたことが
　　　　　　　　　なかったかのように　目を閉じたのだった

「大正3年7月の牧水」(『写真帖』より)

As if I never had done this before,

To my heart's content

So quietly and tightly

Did I close my eyes shut

　大正3年7月末に、牧水の編集する雑誌『創作』復活号が発行されたが、売れ行きは悪く、月々相当の返品もあり経済的にもかなり苦しかった。その時の想いが込められているようだ。音節は揃えず4行で整えた。五七調で、最後の行に重心を置いた。誰にも似たような経験はあるだろう。

第七歌集　『秋風の歌』より

語らむに　あまり久しく

別れゐし　我等なりけり

先づ酒酌まむ

　　　　（解釈）語ろうにも　あまりに長く会わずにいた
　　　　　　　　私たちだ　とりあえず
　　　　　　　　酒を注いであげましょう

「恩師との久々の再会」(宮崎県宮崎市
西橘通にて)

SONGS OF AUTUMNAL WIND

So quite a long time far away

Were we separate, you and me

We don't have to talk, my dear friend

Let's drink together any way

　灯台守をしている早稲田時代の友人から、伊豆半島南部の静岡県下田市の沖にある神子元島(みこもとしま)に来るよう誘われていた。この島に滞在中に、その友人から灯台守を勧められ、真剣に考えたりするが、一週間後船で島を後にする。4行全8音節で揃えて、1〜4行目に韻を踏んだ。最後は、「共に飲もう」と解釈した。

第七歌集 『秋風の歌』より

妻や子を　かなしむ心

われと身を　かなしむこころ

二つながら燃ゆ

　　　　　（解釈）妻子を愛しく大切に思う心と　自分のことを
　　　　　　　　　大切に想う心とが　相反しながらも
　　　　　　　　　それぞれが　自分の中で熱く燃えている

「2本の花火」(自宅玄関先にて)

SONGS OF AUTUMNAL WIND

My wife and childen are so dear

My own being is also dear

Deep in my heart they coexist

Both affections with passion burn

　大正2年6月上京後、妻子との新生活は貧乏を極めた。定職もなく、来客は多くて酒浸り。気の向くままに旅に出た。歌の「かなし」は、思春期の悲哀の意味とは違い、結婚して子供が生まれて、奥さんや子供に対し、「いとしい」という意味が強いように思われる。4行で全8音節とした。1～2行目に韻を踏んだ。

第七歌集 『秋風の歌』より

ことさらに　鳥も啼くがに

思はれて　落ち葉木立を

立ちいでにけり

　　　　（解釈）私のために鳥がわざと　鳴いているよう
　　　　　　　　思われていたが　落ち葉の木立から
　　　　　　　　逃げ出すように立ち去ってしまった

「葉の落ちた木々に止まる鳥達」

SONGS OF AUTUMNAL WIND

Birds seemed to have been somewhere

Chirping deliberately

Out of the thin tree cluster

Did they take wing suddenly

　雑誌『創作』を復活させたがうまくいかず、相変わらず貧しい牧水にとって都会の中の林や森で、木々の音や鳥の鳴き声を聞くのが楽しみだった。時に、鳥の声などの変化が、本人には不安に思われることがあったらしい。4行全7音節に揃えた。1, 3行目は、're', 'er'の音で整えて、韻は2〜4行目に踏んだ。

第八歌集 『砂丘』より

朝霧は　空にのぼりて

たなびきつ　真青き峽間(はざま)

ひとりこそ行け

　　　（解釈）朝霧が木立をぬけて立ちのぼりたなびいて
　　　　　　いる　木々が青々と茂ったその谷間の道を
　　　　　　一人悠然と超えてゆくだ

「お遍路にて讃岐(さぬき)の山中」（徳島県名西郡神山町にて）

SANDHILL

The morning mist is rising

Up into the sky,

Over the vale hovering;

Through the deep-green trees

Let me trudge my lonely way

　『砂丘』は大正4年10月に刊行された。同年7月に栃木県喜連川(きつれ)へ友人を訪ね、その後信州へ行き、蓼科山麓の春日野の湯に8月半ばまで滞在した時の巻頭の1首。
　5行で、7－5－7－5－7音節となってしまった。1～3行目に韻を踏んだ。濃い順に、霧 'fog'、靄 'mist'、霞 'haze' だが、'mist' を使い、狭間（谷）の上に 'hovering'（とどまっている）としてみた。

第八歌集 『砂丘』より

向つ峰(を)に　真昼白雲

わくなべに　汝(なれ)が黒髪

おもほゆるかも

　　　　（解釈）向こう側の峰に　真昼の白雲が湧き上がって
　　　　　　　　いる　それにつれて　妻よ　君の黒髪が
　　　　　　　　思われてならないのだ

「暮坂峠近くの山中より」（群馬県吾妻郡中之条町にて）

SANDHILL

As the white clouds are gathering

Over the sun-lit ridge yonder

How could I not think of your hair

Dark as pitch you comb tenderly?

　「相模なる妻が許へ送れる歌」と題する歌の一首。妻喜志子は、大正4年1月、腸結核にかかり入院した。回復後、転地療養も兼ねて、3月に、神奈川県三浦郡北下浦町長沢（今の横須賀市）に転居した。

　4行全8音節とした。「向つ」とは「向こうにある」、「なべに」とは、「するとともに」の意。'pitch'とは、「コールタールなどの黒い残りかす」のことで、比喩的表現である。

第八歌集 『砂丘』より

時をおき　老樹(おいき)の雫

おつるごと　静けき酒は

朝にこそあれ

　　　（解釈）時間をおいてゆっくりと　老木の雫が
　　　　　　落ちるように　静かにゆっくり飲む酒は
　　　　　　朝こそうまいのだ

「朝酒の後の牧水」(『写真帖』より)

SANDHILL

It takes a long time for a drop

To drip from an old tree calmly

It is in the morn you savor

Such a drop of sake mutely

　「友と相酌む歌」と題する歌の中の一首。大正4年7月中旬、栃木県喜連川町に友人を訪ねた時の歌である。友としみじみと酒を酌み交わした。4行全8音節にして、2〜4行目に韻を踏んだ。「朝は朝昼は昼とて相酌みつ離れがたくもなりにけるかな」とも詠んでいる。
　'savor'は「ゆっくり味わう」の意。

第八歌集 『砂丘』より

棕梠の葉の　菜の花の麦の
ゆれ光り　揺れひかり永き
ひと日なりけり

　　（解釈）棕櫚の葉の向こうに菜の花　そして麦の穂が
　　　　　光の中で揺れ動いている　そんな光景を
　　　　　眺めていた一日だったなあ

「菜の花」

SANDHILL

Trembling and glimmering

Were palm leaves and canola flowers

And quivering and gleaming

Were also the barley ears.

It was a long day today

　『自歌自釋』に、「うららかな光は棕櫚の葉に、菜の花に、麥の穂に、眼前のあらゆるものに宿って、あるか無きかの風と共に静かに揺れ輝いている、そのほかは何の事も無い、この永い春の日にといふ一首」とある。

　字余りの歌で5行で全36音節になったが、1〜3行目に韻を踏み、2, 4行目の最後をs（z）の音で揃えた。4行目にピリオドを打ち、「ひと日なりけり」を浮き立たせた。

第八歌集 『砂丘』より

あたたかき　冬の朝かな
うす板の　ほそ長き舟に
耳川くだる

　　　（解釈）あたたかい　冬の朝だったなあ
　　　　　　　薄い板でできた小舟で
　　　　　　　母と耳川を下ったものだったなあ

「耳川の舟戸渡し場跡」(宮崎県日向市東郷町にて)

SANDHILL

When it was warm on the morning

Of that winter with my mother

On a small boat made of thin boards

We went down the Mimi River

　明治45年夏、父の病気で坪谷に帰省する。思ったほど重体ではなかったが、家族や親戚の雰囲気（牧水をどうにか坪谷に帰らせようとする）で10か月ほど村に留まった。将来への苦悩懊悩の時に、少年の日の記憶をたどっての一首である。牧水は、少年時代、母に連れられて耳川を下り、美々津で初めて海を見て驚いた。

　4行全8音節として、2～4行目に韻を踏んだ。

第九歌集『朝の歌』より

白砂に　穴掘る小蟹

ささ走り　千鳥も走り

秋の風吹く

　　　　（解釈）白浜に穴を掘る蟹が　あちこち走り
　　　　　　　砂浜では千鳥も走り　海岸には秋風が
　　　　　　　そよそよと吹いている

「鳥の足跡」(宮崎県日南市富土海岸にて)

SONGS OF MORNING

Hither and thither are small crabs

Scampering and digging some holes

While plovers are also running.

An autumnal wind is blowing

　第九歌集『朝の歌』は、大正5年6月に刊行された。この歌は、「秋より冬へ」と題した巻頭の歌の一首である。大正4年3月に三浦半島の北下浦村へ引っ越して半年ほど経った頃創られた。秋の浜辺の寂寥感を歌っている。

　4行全8音節で、1、2行目の最後を's(z)'の音で揃え、3〜4行目に韻を踏み、3行目にピリオドを打って、「秋風」に重心が来るように試みた。

第九歌集『朝の歌』より

酒飲めば　こころは晴れつ

たちまちに　かなしみ来り

畏(かしこ)みて飲む

（解釈）酒を飲むと私の心は晴れる　たちまち心に
　　　　生きることのかなしみどもが溢れてくる
　　　　だから私は畏れ謹んで飲むのだ

「坪谷小歌碑に献酒」（宮崎県日向市
東郷町坪谷にて）

When I sip sake

Energized will my heart be;

Soon, however, chased

By 'Sorrows', I start to sup

With an air of reverence

酒を愛した牧水として知られているが、酒を「畏みて」とは、酔が覚めた時のさみしさや、そのうまき酒の力をお借りして、「悲しみども」'Sorrows' を追い払いたいという、酒を神にもたとえたい牧水の想いが読み取れる。牧水の生真面目な滑稽さも窺える。5－7－5－7－7音節で揃えた。「ちびちび飲む」の'sup'は、'sip'よりやや古い言い回しで、両方使ってみた。

第九歌集『朝の歌』より

貧しさを　嘆くこころも

年年に　移らふものか

枇杷(びわ)咲きにけり

　　　　（解釈）貧しさを嘆く思いも　一年一年と変化しゆく
　　　　　　　ものなのか　今も貧しい暮らしだが
　　　　　　　今年も変わらず枇杷の花が咲いたよ

「枇杷の花」

SONGS OF MORNING

The way you grieve over living

In poverty is not the same

Year by year; loquat trees have born

Fruit in my garden as ever

　枇杷の花は11月頃咲く。11月下旬に、長女みさきが生まれ、暮らしは貧しいままだが、ささやかな、つましい幸せの瞬間を読み取れる歌である。12月には、妻・喜志子の処女歌集『無花果』が発表された。全8音節で揃えた。';'の後が重心となる。

第九歌集『朝の歌』より

疲れしと　嘆かふ妻の
背に額(ぬか)に　くれなゐ椿
ゆれ光りつつ

　　　（解釈）「疲れた」と立ち止まって言っている
　　　　　妻の背中や額の周りで　たくさんの紅色の
　　　　　椿の花が　風に揺れながら光っている

「くれなゐ椿」（宮崎県宮崎市市民の森にて）

SONGS OF MORNING

"I'm so tired," my dear wife grumbles;

Around her back and her forehead

Are many crimson camellias

Nodding and gleaming in the wind

「病妻を伴い春浅き山に遊ぶ」という詞書のある歌の一首。椿の群生している早春の山道を想像させる。

　行の最後を、's(z)'と'd'の音で交互に揃えて、4行全8音節とした。'Around'か'behind'か悩んだが、'Around'にした。「麓より風吹き起り椿山椿つらつら輝き照るも」の歌もある。

第九歌集『朝の歌』より

わが庭の　竹の林の

浅けれど　降る雨見れば

春は来にけり

（解釈）私の庭の林の竹の成長は　まだまだこれからだが　降る雨を見ていると
春はもうそこに来ているよ

「二月の小雨の日」（宮崎県宮崎市清武町にて）

　全7音節の4行詩とし、3〜4行目に韻を踏んだ。'They' は本来 'it' だが、'bamboos' を想定して、'they' とした。牧水は、揮毫の際によくこの歌を使った。牧水らしい「あ」の音が6つ、「い」の音が4つあり、調べの美しい歌である。負けじ

SONGS OF MORNING

In my backyard bamboo grove

Short and young as they may be,

Falling rain seems to murmur,

"Spring is around the corner"

と、「降る雨が、'もうそこに春がほら'とささやいているよ」と解釈した。

　都農町の知り合いの家では、春が近づくと、この半折の掛け軸を床の間に飾る。都農町には牧水の姉が嫁ぎ、牧水は学生時代にその義理の兄に何度も無心した（仕送りを頼んだ）ことがあった。

第十歌集 『白梅集』より

夏草の　茂りの上に

あらはれて　風になびける

山百合の花

　　　（解釈）青々と茂った夏草の　その丈の高い茂みの上に
　　　　　　さらに長く茎を伸ばして　山百合の花が
　　　　　　ゆらゆら風になびいている

「山百合の花」

WHITE PLUM-BLOSSOMS

As if they appeared suddenly

From among rampantly tall weeds

Nodding are golden-raved lilies,

Blown lightly by the summer breeze

　『白梅集』は大正6年8月に刊行。前半が牧水、後半が喜志子の作品である。大正5年初夏から、翌年春までの作品が収められている。この歌は、大正5年初夏、三浦半島の北下浦での作。4行全8音節で2〜3〜4行目に韻を踏んだ。その白いひょろりとしたみずみずしさにはっとする白百合。
　家内、二人の娘たち、愛犬、愛猫達と26年間過ごした清武の我が家の庭にも毎年花を咲かせていた。

第十歌集 『白梅集』より

あかあかと　朝日さしゐて

池の蓮　みながら秋の

風ならぬなき

　　　（解釈）あかあかと朝日の差す
　　　　　　晴れ渡った池の蓮はのこらず
　　　　　　秋の風に吹かれてそよいでいるよ

「市民の森のみそぎ池」(宮崎県宮崎市阿波岐原にて)

WHITE PLUM-BLOSSOMS

In the sun-lit air of the morn

No lotus flowers in the pond

Remain together unruffled

By the cool and brisk autumn breeze

　ここでは、大正5年初秋に、不忍池（東京都台東区上野公園内にあり、江戸時代以来の蓮の名所）の蓮を歌っている。本郷の下宿屋から散歩に出かけた折の歌だ。「みながら」は、「ことごとく」の意で、「風ならぬなき」と終止形でなく、連用形で余情をもたせている。
　4行全8音節でまとめた。宮崎市の「市民の森」の「御池」の蓮も良い。「'unruffled'（揺れていない）蓮はない」とした。

第十歌集 『白梅集』より

酒のめば　なみだながるる

ならはしの　それもひとりの

時に限れる

（解釈）酒を飲むと　悲しくなって　涙が流れて
くるのは　私の癖のようなものだが
一人で飲んでいる時に限るのだ

「羽織袴で（大正8年）」(『写真帖』より)

WHITE PLUM-BLOSSOMS

Tears serenely flow down my cheeks

If I take a delight in wine

'Tis my habit, but it happens

Only when I'm alone with wine

　しみじみとした一人の酒の歌である。正直な牧水の心が表れている。4行全8音節で、1、3行目の最後は、's' の形で揃え、2〜4行目に韻を踏んだ。'sake' ではなく、欧米の酒の代表である 'wine' をつかって、2行目の 'delight' と 'i' の音を合わせてみた。「酔ひぬればさめゆく時のさびしさに追われ追われてのめるならじか」とも詠んでいる。

第十歌集　『白梅集』より

花見むと　いでては来つれ

ながらふる　ひかりのなかを

ゆけばさびしき

　　　　（解釈）花を見ようといって出ては来たけれど
　　　　　　　　春の光が永遠に続くように思われて
　　　　　　　　ひとり寂しさにつつまれている

「阿波のしだれ桜」（徳島県名西郡神山町にて）

WHITE PLUM-BLOSSOMS

Though having had a stroll alone

So I would see cherry blossoms,

Long exposed to vernal sunlight,

In something drear I feel lonesome

　『自歌自釋』に「花を見ようと出ては来たが、この強い日光 ―― ながらふる光といふのはただ流るる光の意だが流るる光といふうちには自然弱からぬ日射しの心がこもってゐるであろう ―― の下をとぼとぼと歩いていると何といふ事なく或る寂寥が身に迫る」とある。
　4行全8音節で揃えて、's'の音を7回使って寂しさを表してみた。

第十歌集　『白梅集』より

それほどに　うまきかと人の
とひたらば　なんと答へむ
この酒の味

　　　（解釈）そんなにも美味しいですかと
　　　　　　人に聞かれたら　さてなんと答えようかな
　　　　　　こんなにも旨い酒のことを

「晩年愛用の徳利と盃」(『写真帖』より)

WHITE PLUM-BLOSSOMS

Should the reason why

I have a great love for wine

Someone seek to scan,

How could I prove my answer

To the mellowness of this ?

　酒の歌はたくさん詠まれている。その中でも、ユーモアを含んだ、なんとも独り言のような酒への感想である。この酒の味をなんとも答えようがないから、あなたもこんなにうまい酒を味わってごらんなさい、とでも言わんばかりの歌である。
　5 － 7 － 5 － 7 － 7 の音節で揃え、'scan' を使い大げさ（滑稽）にした。新渡戸稲造の「敷島の〜」の英訳を参考にしてみた。

第十一歌集 「さびしき樹木」より

さやさやに　その音(ね)ながれつ
窓ごしに　見上ぐれば青葉
滝とそよげり

　　　（解釈）さやさやと葉ずれの音が聞こえてくる
　　　　　　　窓越しに見上げてみると　青葉は
　　　　　　　滝が流れるようにそよいでいる

「坪谷の青葉」（宮崎県日向市東郷町にて）

LONESOME TREES

As green leaves rustling in whispers,

I listen to its sound flowing

Raising my head through the windows,

I see it like a fall soughing

　大正7年7月に刊行された第11歌集の巻頭の歌。東京巣鴨に転居した後の夏から秋にかけての作品が収められている。牧水の家は小さな丘の中腹にあり、周囲に楢の木立や欅(けやき)の木などがあった。窓からの風景を捉えている。青葉は欅のものだろう。

　4行全8音節で、2〜4行目に韻を踏み、1,3行目は、's (z)' の音で揃えた。

第十一歌集 「さびしき樹木」より

何処(いづく)とは　さだかにわかね

わがこころ　さびしき時に

溪川の見ゆ

　　　　（解釈）どことというのははっきりわからないが
　　　　　　　　心の寂しい時に　山奥のどこかで見たような
　　　　　　　　谷川が心に浮かんでくるのだ

「若山牧水記念文学館下より眺む」(宮崎県日向市東郷町にて)

LONESOME TREES

I can't figure out which valley

I have a hazy remembrance

Whenever I feel so lonely,

Will that stream appear in my mind

　「渓を想ふ」と題された章の歌で、詞書の中に「いろいろと考ふるに心に浮かぶはふるさとの渓間なり」とある。様々な旅をして様々な谷間を見てきた牧水だが、幼き頃の故郷坪谷の渓川が心の原風景として強く焼きついていたと思う。全て、そこに行き着く初恋に似た感覚であったに違いない。

　4行全8音節で、'hazy'を使って「霞のような記憶」とした。

第十一歌集 「さびしき樹木」より

幼き日　ふるさとの山に

睦(むつ)みたる　細渓川の

忘られぬかも

　　　　（解釈）幼い日に　ふるさとの山で
　　　　　　　親しくともに過ごした細い渓川が
　　　　　　　どうしても忘れられないほどなつかしいな

「生家すぐ下の渓川」（宮崎県日向市東郷町にて）

LONESOME TREES

When I was a boy, in a vale

I used to be fond of small streams

Deep among my native mountains

How could I forget any of them?

　大正6年、群馬県の磯辺温泉、妙義山に遊び、「渓をおもふ」と題して13首を作っている。牧水は、故郷坪谷の渓川で釣りをしたり、泳いだりして、自然の中に同化していたと考えられる。その後の人生に、歌作りに大いに影響を与えたのは、その故郷の山河であった。
　2、3行目の終わりを、's(z)'の音で揃えて、4行全8音節でまとめた。

第十一歌集 「さびしき樹木」より

夜とならば　また来てやどれ

しののめの　峰はなれゆく

夏の白雲

　　　（解釈）夜になったら　また山に降りてきてくれ
　　　　　　　明け始めた朝の空へ　昇っていく夏の白雲達よ

「讃岐のしののめ」（お遍路途中の香川県善通寺市にて）

LONESOME TREES

When night comes, come back once again

And lodge around that mountain ridge;

Are You, the White Clouds, in summer

Now withdrawing from it at dawn

　夏の夜明けの峰から空へと離れ登ってゆく雲に語りかけている。『自歌自釋』では、「オ、オ、しきりと雲が峰から離れて、明けそめた朝の空へと昇ってゆく、雲よ、雲よ、夜になったらまた、しっとりと山におりて来いよ、とすがすがしい夏の雲に向って呼びかける心持の歌」とある。

　4行全8音節で揃えた。「夏の白雲」を 'You, the White Clouds' として、呼びかけるように解釈した。

第十一歌集 「さびしき樹木」より

ひさしくも　見ざりしごとき
おもひして　けふあふぐ月の
澄めるいろかも

　　　（解釈）長くみなかったような気がして
　　　　　　今夜こうして月を仰ぐ　この月はなんて
　　　　　　美しく澄んだ色をしているのだろう

「澄める月」

LONESOME TREES

Wondering when I saw moons last,

That moon I'm now looking up to

How does it come I adore it?

How purely does it shine tonight!

　ふとしたきっかけで月の美しさに気が付くことがある。牧水も、つくづくと久しぶりに出会ったような月に感激している。ようやく、ゆったりとした時間が戻ってきたように思える歌である。4行全8音節で、全ての行の最後を 't' の音で揃えた。私も、大淀川からの月を仰ぎながらぼんやりすることがある。

第十一歌集 「さびしき樹木」より

見しといはば　見しにも似たれ

この秋の　木槿(もくげ)の花の

影のとほさよ

　　　（解釈）見たといえば見たこともあると
　　　　　　言えなくもないが　今年の秋
　　　　　　木槿(もくげ)は特に影が薄く寂しい花だなあ

「むくげの花」

LONESOME TREES

I don't clearly remember them

Blossoming when and where before

How forgettable and lonesome

These fall roses of Sharon are!

　「この花も好きな花の一つ」と随筆に書き、「どんな暑い盛りに咲いていてもこの花には秋の心が動いている。紫深い、美しくてさびしい花である」とも評している。夏から秋にかけて薄紫、白色などの花をつけ、「むくげ」とも言う。1、3行目を、'them'、'some' で、2、4行目を 'before'、'are' で揃えて、4行全8音節でまとめた。

第十二歌集 『渓谷集』より

朝の山　日を負ひたれば

渓音の　冴えこもりつつ

霧たちわたる

　　　　　（解釈）朝の山を見わたすと　朝日を浴びていて
　　　　　　　　　渓の川の音が冴え渡って聞こえ
　　　　　　　　　霧もかかって清々しい朝だなあ

「讃岐山中」（お遍路途中の香川県高松市にて）

IN THE VALE

Look at that mountain

In the morning's sunlit air

Hear the brooks babbling

In a vale, serenely fair

Mist over it is drifting

　『渓谷集』は大正7年5月に刊行。大正6年秋から、翌7年2月までの作品を収める。大正6年11月半ば、埼玉県秩父の渓や山を歩いた。その時の歌が、「秩父の秋」と題した連作で、この歌集の中心である。この歌も臨場感あふれる名歌である。

　5行で、5－7－5－7－7音節にまとめて、2～4行、3～5行目に韻を踏んだ。'babble' は、「川などがさらさら音を立てて流れる」の意。

第十二歌集 『渓谷集』より

石越ゆる　水のまろみを

眺めつつ　こころかなしも

秋の溪間に

　　　　（解釈）長年の川の流れに丸みを帯びた石の上を
　　　　　　　　今日も越えて行く　水の流れを
　　　　　　　　一人眺めている　秋の溪間は　愛おしいなあ

「坪谷川の石のまろみ」（宮崎県日向市東郷町にて）

　秩父に４日間滞在した。『自歌自釋』に、「清らかな水が澄み切って流れてゐる。その流れの中に一つの石があった。その石は水の中に浸ってゐて、表には露れていない。その石を越ゆる時水はまろみを帯びたうねりを作って静か

IN THE VALE

Watching the water curving and

Sliding over a rounded stone,

How lovely and lonesome it looks

In a vale alone this autumn!

に流れてゆく。一つのまろみは一つのまろみを追うてつぎつぎと流れてゆく。そのまろみを帯びたあたり、水はいよいよ清く、いよいよ軟らかに、そしていよいよ冷たげにみえてゐた。」とある。

　4行全8音節でまとめた。人称代名詞を避けて、自然感を出してみた。

第十二歌集 『渓谷集』より

飲む湯にも　焚火(たきび)のけむり

匂ひたる　山家の冬の

夕餉(ゆふげ)なりけり

　　　（解釈）出してもらった白湯にも　煙の匂いがしていた
　　　　　　　山里の家の　冬の夕食の時だったなあ

「自在鉤のある民家」（宮崎県総合博物館にて）

IN THE VALE

Even from the boiled water

Could I taste the bonfire smoke;

It was when I enjoyed the supper

In a mountain cottage in winter

　所沢にある牧水の祖父健海の生まれたふるさとの農家の片隅に歌碑があって、そこに刻まれた歌である。私も二回目の訪問で、神米金(かめがね)の子孫の御夫妻に裏話が聞けた。お馴染みのやまと言葉だけののんびりとした風情のある歌である。

　7－7－9－9全32音節で、1～3～4行目に韻を踏んだ。実際の場所は定かではないが、自在鉤の吊るされた鉄瓶の湯の匂いだったろうか。煙の匂いを'smell'ではなく、牧水は'taste'できたのだ。

第十二歌集 『渓谷集』より

よりあひて　真(ま)すぐに立てる
青竹(あをたけ)の　藪の深みに
鴬(うぐひす)の啼(な)く

　　　（解釈）青々とした竹が　寄り合って真っ直ぐに
　　　　　　立っている　その竹藪の深いところで
　　　　　　鴬が鳴いている

「うぐいす」

IN THE VALE

Green bamboos have thickly grown

As if they are foregathering;

Deep among the bamboo grove

Some nightingales are warbling

　大正7年伊豆の西海岸にある土肥(とい)温泉に行って半月ほど滞在した。その時の早春を歌った「伊豆の春」の中の一首である。7－8－7－7音節で、1、3行目に、'grown','grove'と、'ou'の音で終わりの音を重ね、2～4行目に韻を踏んだ。'nightingale'「鶯」は、別名で'bush warbler'とも言う。

第十二歌集 『渓谷集』より

ひそまりて　久しく見れば

とほ山の　ひなたの冬木

風さわぐらし

　　　（解釈）木陰で一休みしながら　遠くの山をしばらく
　　　　　　見ていると　陽があたる冬の木立が　風で騒
　　　　　　ぐように聞こえるなあ

「尾鈴遠景」(宮崎日大学園六階より)

IN THE VALE

Resting under the tree

Taking so long a view

Of the distant mountains

I hear the wind shaking

The sun-lit winter trees

　大正7年2月の土肥温泉滞在中の「伊豆の春」の一首。早春のおもむきがよく出ている。牧水は『伊豆西海岸の湯』という随筆で「この果物（橙、夏蜜柑）の熟れている色はいかにも明るい感じのするもので、ちょっと散歩しても右に左に見えているこの色がさながら土肥温泉の色彩のような気がするのです」と、土肥を好んだ理由を述べている。
　5行で全6音節として、1〜3行目を分詞構文にして、4、5行目に重心を置いた。

第十三歌集 『くろ土』より

聞きゐつつ　楽しくもあるか

松風の　いまはゆめとも

うつつとも聞ゆ

　　　　（解釈）聞こえてくる松風の音は楽しいものだなあ
　　　　　　　　夢のような　現実のような　不思議な感覚に
　　　　　　　　包まれているようだ

「青島の松風」(宮崎県宮崎市青島にて)

CLAY

How pleasant and joyful I feel,

Hearing the wind through the pine trees!

Am I straying into a vale

Between dreams and realities

　『くろ土』は大正10年3月刊行。30代半ばの壮年期の作品である。「大正7年」・「大正8年」・「大正9年」の3章999首が収められている。この歌は、大正7年5月駒場の大学の歌会で窓より郊外の風景を詠んだ。初夏の景色の中に自分自身の記憶を蘇らせていた。

　4行全8音節で、2～4行目に韻を踏んだ。歌の中に「渓」はないが、牧水のすきな'vale'に迷い込んでいる、と解釈した。

第十三歌集 『くろ土』より

をちこちに　啼き移りゆく

筒鳥(つつどり)の　さびしき声は

谷にまよへり

　　　（解釈）あちこちから木の枝から枝に移りながら
　　　　　　啼く筒鳥の声が聞こえてくる　その寂しい声
　　　　　　は谷の中で迷っているようだ

「筒鳥」

CLAY

Here and there, yonder

Chirping and flitting around

Are 'Tutudori';

Stray are their lonesome voices

In a vale among deep trees

　これは、大正7年5月中旬、比叡山山上の古寺に滞在した時の歌。筒鳥のポポと啼く声が寂しく響いて、まるで深い山に迷って渓間をさまよっているようにも思えてきたのだろう。'Tutudori'（Himalayan cuckoo）を歌の中心に置いた。ホトトギス科に属してカッコウに似ているが少し小さい。夏鳥で、竹筒をたたくように鳴く。

　5－7－5－7－7でまとめて、4～5行目に韻を踏んだ。

第十三歌集 『くろ土』より

手にとらば　わが手にをりて
啼きもせむ　そこの小鳥を
手にも取らうよ

　　　（解釈）手にのせたら　手のひらで
　　　　　　啼くかもしれないなあ
　　　　　　あの小鳥ちゃんを　手にのせてみようかな

「孫の手のひら」（宮崎県宮崎市中央公園にて）

CLAY

If I put you in my palm

You shall sit and sing in it

Hey, my tiny sweetest bird!

Let me have you in my palm

　動物たち（鳥たち）とアシジの聖フランチェスコとの共通点を思わせる歌である。4行全7音節でシンプルにそのまま訳した。1〜4行目に韻をふみ、声に出して読んでみると、リズミカルに仕上がった。
　「ちちいぴいぴいとわれの真うえに来て啼ける落葉が枝の鳥よなほなけ」の歌もある。山中のさびしい一人旅の時の歌である。

第十三歌集 『くろ土』より

しみじみと　けふ降る雨は
きさらぎの　春のはじめの
雨にあらずや

　　　（解釈）しみじみと今日降っている雨
　　　　　　この二月に降る雨は　春の到来を告げる
　　　　　　やさしい雨であることだ

「雨」

CLAY

Calmly and softly

The rain is falling

Today in February

Isn't it telling us

The advent of spring?

　大正8年2月35歳、巣鴨の自宅での作。自然を主観を交えずに冷静に見つめた牧水後期の歌風である。『自歌自釋』には、「降るわ、降るわ、しみじみと降り入ったこの雨は、何と云ってももう春のはじめの、二月の雨ではないかいな、と永い冬が過ぎて明るい暖かい春の来た喜びを折柄の雨に寄せて歌ったものである」とある。
　5行にしてシンプルに訳し、2〜5行目に韻を踏んだ。

第十三歌集 『くろ土』より

静かなる　道をあゆむと

うしろ手を　くみつつおもふ

父が癖なりき

　　　（解釈）気が付いてみると　静かな道を
　　　　　　後ろ手を組んで歩いている　そうだったなあ
　　　　　　父もこのように歩いていたなあ

「父、立蔵と母、マキ」
（『写真帖』より）

CLAY

As I plodded my way

Along the quiet road

My hands clasped behind;

I found this his habit

Recalling my father

　大正9年5月群馬県吾妻郡川原温泉に歌集の整理に訪れた時の歌である。5行6－6－5－6－6音節でまとめた。父立蔵は、牧水が幼い頃、濡草鞋(ぬれわらじ)を解く人たちを大切にして、様々な人たちを家に泊めてはお酒の杯を交わした。そのような旅人との出会いが牧水の「あくがれの心」を育んだ。父その人も、色々な事業に手を染めては失敗するなど、濡草鞋を解く人たちに似ていた。その性質を牧水は、「酒好き」も含めて受け継いでいたのだ。

第十三歌集 『くろ土』より

ゆく水の　とまらぬこころ
持つといへど　をりをり濁る
貧しさゆゑに

　　　（解釈）ゆく川の流れのように　澄んだ心を
　　　　　　抱いているつもりでも　時おり貧しさに負けて
　　　　　　濁ってしまうこともあるなあ

「坪谷川のゆく水」(宮崎県日向市東郷町にて)

　『自歌自釋』には、「流れてやまぬ眞清水の様なすがすがしい心をもってゐるつもりであるが、ともすると斯うも濁って澱む事がある、この貧しい暮らしをしてゐるばつかりに、と自分の貧窮を嘆いた歌」とある。沼津に移ってき

CLAY

Should I retain the mind

Like water running on

Clear and pure, but I find

Once in a while it muddy

Because of the poverty

ても相変わらず貧しい暮らしだった。楽観的な性格だったのか、随筆の中でも、貧乏はあまり気にならなかったらしい。

　6－6－6－7－7音節として、全32音節で、1～3行、4～5行目に韻を踏んだ。大正9年の「貧窮」と題する中の一首。

第十四歌集 『山桜の歌』より

幼くて　見しふる里の

春の野の　忘られかねて

野火は見るなり

　　　（解釈）幼き日　故郷坪谷で眺めた野火が忘れられず
　　　　　　目の前の野火をじっと見つめている
　　　　　　なつかしいなあ

「野焼き」

SONGS OF CHERRIES WILD AND FAIR

When I was a child,

So often I saw grass fires

In my country field;

I am observing a fire,

Missing them so deep this spring

　大正12年5月刊行の第14歌集『山桜の歌』の巻頭「野火」の中の一首で、大正10年早春の歌である。火の色、煙の匂いはふるさと坪谷の記憶を呼び起こしたことだろう。1、3行目の最後を'd'の音で、2、4行目は'fire(s)'でまとめて、5－7－5－7－7の音節にした。
　坪谷は私の父のふるさとでもある。私の幼き日、「野火」の話を父から聞いたことがある。

第十四歌集 『山桜の歌』より

うすべにに　葉はいちはやく
萌えいでて　咲かむとすなり
山桜花

（解釈）薄紅色に葉の方が早く色づいて
　　　　私の山桜の花は　そのあとから
　　　　咲こうとして　待ち構えているようだ

「堀切峠の山桜」（宮崎県宮崎市折生迫にて）

大正11年3月末から4月初めにかけて湯河原温泉に滞在した。その時に作った23首の中の牧水後期の自然詠の代表作である。山桜に関して、『自歌自釋』には、「東京などに咲くのは多く吉野とか染井とかいふ種類ださうで本統の

SONGS OF CHERRIES WILD AND FAIR

In light crimson color

The foliage has come out

A little earlier than the flowers;

Is about to shoot out

The cherry wild and fair

山ざくらをば殆ど見受けない。この櫻は花より葉の方が先に萌える。その葉の色は極めて潤澤な茜を含んでいる。そしてその葉のほぐれやうとするころにほんの一夜か一日で咲き開く花の色は近寄ってみれば先づ殆ど純白だが、少し遠のいて眺めるとその純白の中になんとも言えぬ清らかな淡紅色を含んで居る……」とある。

　できるだけ、歌の順通りに5行詩として、2～4行目に韻を踏んだ。

第十四歌集 『山桜の歌』より

瀬瀬走る　やまめうぐひの

うろくづの　美しき春の

山ざくら花

　　　（解釈）瀬を泳ぎ回るヤマメやうぐいの
　　　　　　うろこが光ってきれいだ　そんな春の山に
　　　　　　山ざくらが咲いているのが見えるよ

「越表小跡近くの山桜」(宮崎県日向市東郷町にて)

SONGS OF CHERRIES WILD AND FAIR

In rapids and shallows, are swimming

Yamame trouts and Ugui minnows,

Their scales in water scintillating;

Are also seen wild cherry blossoms

In so beautiful spring mountains

　牧水の好きな、山、川、山桜の入った贅沢な歌で、「う」の音（3回）が調べとして効いている。1〜3行目に韻を踏み、2、4、5行目の最後をs（zの音）で揃えた。

　ヤマメ、ウグイは産卵期の春に婚姻色となり、特に美しい。そこに、牧水の愛してやまない山桜である。牧水のうれしそうな顔が目に浮かぶようだ。自分で何回朗詠したことだろうか。

第十四歌集 『山桜の歌』より

寒(かん)の水に　身はこほれども

浴び浴ぶる　ひびきにこたへ

力湧き来る

　　　（解釈）寒の水を浴びて　身は凍るように寒いけれど
　　　　　　　浴びているうちに　その清らかさに
　　　　　　　力が湧いてくるのだ

「旅姿(大正11年10月末 中禅寺湖畔)
(『写真帖』より)

SONGS OF CHERRIES WILD AND FAIR

The water of mild winter

Makes me feel so freezing cold;

Pouring and pouring it on my body

Ingesting its splashing sounds,

Will I gain the will to live

　大正11年10月から11月にかけての「みなかみ紀行」の旅から戻り、冷水浴や節酒で健康に注意した。その頃の、「命を惜しむ歌」の一首。音節も揃えず、韻も踏まず、そのまま訳した。4行目までに、'ing' を5回使用して、5行目に重心を置いた。

　この時ばかりは苦行をし節酒もしたらしい。そのまま節酒を続けられれば牧水の命も伸びたろうに、とただただ思う。

第十五歌集 『黒松』より

若竹の　伸びゆくごとく

子ども等よ　真直ぐにのばせ

身をたましひを

　　　（解釈）若竹が伸びていくように
　　　　　　　子供達よ　まっすぐに　心も体も伸ばし
　　　　　　　元気にしなやかに生きてくれよ

「歌碑の前にて」(宮崎県宮崎市中央公園にて)

THE BLACK PINE

As young bamboos grow upright,

O small children blithe and fit!

Straighten your body lithely

Develop your soul swiftly

　最後の第15歌集『黒松』は、牧水没後昭和13年に刊行された。この歌は、大正12年頃の作品で、「やよ少年たちよ」という言葉書きのある九首の中の一首。

　4行、全7音節として、3～4行目に韻を踏んだ。宮崎市駅の東側にある「文化の森」の池の近くにこの歌碑がある。

　その近くで子供達が元気に遊んでいる姿が見える。'blithe' は「元気な」、'lithely' は「しなやかに」の意。

第十五歌集 『黒松』より

うつくしく　清き思い出

とどめおかむ　願ひを持ちて

今をすごせよ

　　　　　（解釈）うつくしくて清い思い出を　いつまでも
　　　　　　　　　持ち続けようという　願いを持ちながら
　　　　　　　　　今という時をしっかり過ごしなさいよ

「孫達」(宮崎県宮崎市中央公園にて)

| THE BLACK PINE |

'Let all your beautiful and pure

Memories remain evermore'

With all your might, Carpe Diem!,

Having such an ennobled dream

　大正12年頃の作である。「やよ少年たちよ」と題した9首の中の1首である。4行全8音節で、1～2、3～4行を're'、'm'で揃えた。'*Carpe Diem*' とは、古代ローマの詩人、ホラティウスの詩の中の言葉で、'seize the day'（一日を摘め、その日をつかめ）の意味で、1989年の米映画『今を生きる』で有名である。

　「願ひ」を、'an ennobled dream'（高貴なる夢）とした。

第十五歌集 『黒松』より

故郷に　帰り来りて
先づ聞くは　かの城山の
時告ぐる鐘

（解釈）故郷に久しぶりに戻ってきて　まず聞こえて
　　　くるのは　延岡城山の時を告げる鐘だ
　　　なつかしいなあ

「8時を告ぐる鐘」（宮崎県延岡市にて）

　大正13年の春39歳の時、父立蔵の13回忌の法要で11年ぶりに帰郷する。その時に詠んだ歌である。長男旅人を伴って3月に沼津を発った。戸畑、長崎、熊本と大変な歓迎を受けた。ところが宮崎の

THE BLACK PINE

On coming back to my own land,

I hear Shiroyama bell ring

To tell us the time as it did

As I often heard it while young

旅館では、西日のあたる薄暗い部屋に通された。宿帳に「若山繁」と本名で記入した。息子が、「牧水」と書けばもっといい部屋にしてくれるはずだというと、「いいじゃないか。静かでいい部屋だ」と笑って言ったという。

　4行全8音節で、行の最後を'd'と'g'で交互にまとめた。

第十五歌集 『黒松』より

ちひさきは　小さきままに
伸びて張れる　木の葉(こ)のすがた
わが文にあれよ

　　　　　（解釈）小さい形は小さい形のままで
　　　　　　　　　伸びて張っている木の葉のように
　　　　　　　　　我が歌も　そんな姿でいてくれよ

「木の葉(こ)達」(宮崎県宮崎市英国庭園にて)

THE BLACK PINE

Let small things exist

Just the way they be

May my words be neat

As small foliage thrives

　石川啄木が残した、『一利己主義者と友人との対話』の中で、「形が小さくて、手間暇のいらない歌」のことを述べた箇所に、「一生に二度とは帰ってこない命だ。俺はその一秒がいとしい。ただのがしてやりたくない。それを現すには、形が小さくて、手間暇のいらない歌が一番便利なのだ」と述べている。これらの言葉に触発されてできた歌らしい。4行で小さくまとめた。

第十五歌集 『黒松』より

夢ならで　逢ひがたき母の

おもかげの　常におなじき

瞳したまふ

　　　　（解釈）夢でなくては　逢うことがなかなかできない
　　　　　　　　母である　夢の中でも
　　　　　　　　母は同じ瞳をなさっている

「母と共に（昭和2年7月）」(『写真帖』より)

THE BLACK PINE

Were I not in a dream,

Never could I see her;

In her visage in it

Does my mother always

Have the very same pupils

　昭和4年（1929）8月、母マキ逝去。享年81歳だった。マキは生前、「自分が死んだら繁（牧水）の分骨を私の胸に抱かせて欲しい」と告げていた。遺族はもちろんその願いを叶えている。死んでもふたりの絆は切れるものではなかった。

　5行全6音節とした。私の亡き母の瞳をふと思い出す。大学を卒業して、公立学校の採用試験の合格通知に、「'ことり'と音がしたよ」と最初に気がついたのは、耳の遠い母だった。

第十五歌集 『黒松』より

名を聞きて　久しかりしか

栃の木の　温泉(いでゆ)に来り

浸りたのしき

　　　（解釈）名前を聞いただけで　随分とひさしぶりだなあ
　　　　　　栃の木の温泉に　久しぶりに入ってみれば
　　　　　　楽しいものだなあ

「尻焼き温泉にて」（群馬県吾妻郡中之条町にて）

THE BLACK PINE

On hearing its name

Of 'Tochinoki' I miss

The day I would bathe;

How nice I feel while bathing

After a while in this spa!

　大正14年は、夫婦で11月から12月にかけて揮毫会に終始した年だった。その途中、熊本県阿蘇郡長陽村（現南阿蘇村）の栃木温泉（海抜900ｍ）に立ち寄った時の歌である。
　5－7－5－7－7音節で揃えて、4、5行目に韻を踏んだ。この年の2月に、散文集『樹木とその葉』を刊行した。

第十五歌集 『黒松』より

見をろせば　霧島山の

山すその　野辺のひろきに

なびく朝雲

　　　（解釈）見下ろすと　霧島山の裾野が
　　　　　　　広くのびたあたりに　朝雲がずっと
　　　　　　　なびいているのが見渡せるなあ

「なびく朝雲」

THE BLACK PINE

As I look down the yonder skirts

Of the Kirishima moutains,

Can I observe the morning clouds

Trailing over the sweeping field

　大正2年父立蔵の没後に鹿児島を訪れた。二度目の大正14年喜志子婦人同伴の時の歌である。「霧島山栄之尾温泉にて、同所は海抜900メートルの山腹にあり、……」と詞書に記して二首を詠んでいる中の一首である。4行全8音節でまとめた。

第十五歌集 『黒松』より

明方の　月は冴えつつ

霧島の　山の谷間に

霧たちわたる

　　　（解釈）明け方の月は冴えわたり　それとは対照的に
　　　　　　霧島の谷間には霧が立ち込めている
　　　　　　早朝は凛としていて清々しい

「讃岐の朝霧」（遍路途中の香川県讃岐市にて）

THE BLACK PINE

Toward the break of the day

Serene and clear is the moon

In Kirishima mountains

Is the vale shrouded in mist

　大正14年11月から12月にかけて妻と九州地方に揮毫旅行に出かける。海抜900メートルの霧島の温泉に滞在した。牧水の歌に、「霧」'fog'がしばしば登場するが、実際は「靄」'mist'くらいの濃さの時が多かったように思う。ともあれ、「靄もや」では歌になりにくい。

　英語にする時も、'mist'の方が響きが良いように思う。4行全7音節でシンプルにまとめた。

第十五歌集 『黒松』より

ふくみたる　酒のにほひの

おのづから　独り匂へる

わが心かも

　　　　（解釈）口に含んだ　酒のかおりは
　　　　　　　　自分でも気づかないうちに
　　　　　　　　私の心を映しているよ

「書斎にて（大正12年春）」(『写真帖』より)

THE BLACK PINE

Sake's aroma

On my tongue I'm savoring

In my gloomy room

Must be my own lonesome heart,

Reflected naturally

　3～5行目に韻を踏み、5－7－5－7－7音節にまとめた。「独り」のイメージを、歌には出てこないが 'in my gloomy room'（薄暗い書斎）に込めた。酒を歌った中でも最も好きな歌の一つだ。私も毎日のように晩酌をするが、その1日に感謝して、ほっとする至福の時間である。己の心がゆっくりとした酔いの中に映し出される感覚を、同じように味わっているつもりだ。

第十五歌集　『黒松』より

黒松の　老木のうれぞ

静かなる　風吹けば吹き

雨降れば降り

（解釈）黒松の老木の梢は本当に静かなものだ
　　　　風なら風に　雨なら雨に身を委ねてそこに
　　　　静かに立っている

「黒松」（宮崎県宮崎市英国庭園にて）

　大正15年の歌。前年10月に千本松原の市道町に新居を構えた。千本松原伐採反対運動に加わり、「幾らの錢のために増譽上人以來幾百歳の歳月の結晶ともいふべきこの老樹たちを犠牲にしようといふのであらうか。私は無論その

THE BLACK PINE

Look at those old black pines

How tranquil are their tips!

Let the wind blow through them

Let the rain fall on them

松原の蔭に住む一私人としてこの事を嘆き悲しむ……」と、市民大会で切々と説き、とうとう県はこの計画を断念した。まさに自然保護運動のさきがけであった。「うれ」は木の幹の先端（梢）のこと。

　4行で全6音節で、4〜5行目に韻を踏んだ。「風も雨もそのままにさせておきましょう」と解釈した。

第十五歌集 『黒松』より

老木より　若木の梅は

いち早く　咲き出づるかも

春ごとに見れば

　　　　　（解釈）古木より若い梅木の方が　いち早く花を
　　　　　　　　咲かせるのだなあ　毎年眺めていて
　　　　　　　　今日それに気づいたよ　我が家の梅よ

「市民の森の梅」（宮崎県宮崎市阿波岐原にて）

THE BLACK PINE

Looking at those plum trees,

I find this in my yard:

Younger trees blow flowers

Earlier than older trees

As I see them every spring

昭和3年早春、自宅での作。小さな驚きが「かも」と詠嘆になっている。牧水の自然に対する目の付け所が鋭い作品で、さらりとした詠いぶりである。体調もすぐれずにそれでも酒で紛らしていた頃である。この5月、新調したマントを着て、西伊豆方面に出かけている。

5行にして、1〜4行目に韻を踏んだ。

第十五歌集 『黒松』より

熟麦の　うれとほりたる

色深し　葉さえ茎さえ

うち染まりつつ

　　　（解釈）熟れ麦のなんと色の深いことだろう
　　　　　　　穂はもちろん　葉も茎も深い色に染まって
　　　　　　命を感じさせてくれるよ

「熟麦」

| THE BLACK PINE |

How ripe are the wheat ears!

Have they been dyed deep brown

So have even the leaves

And straw this early summer

　昭和3年初夏の頃の作品。健康はすぐれなかったが、季節感は敏感だった。4行でそのまま訳した。小麦・大麦などの麦類は初夏を中心とする季節（5〜7月）に収穫期を迎え、畑いっぱいに穂が実る。そのため、この時期を「麦の秋」と呼ぶようになったらしい。

　この年9月17日、急性腸胃炎兼肝臓硬変症にて永眠。毎年同月日に、坪谷にて「牧水祭」が行われる。

歌集未収録作品

窓前の　瀬戸はいつしか

瀬となりぬ　白き浪たち

ほととぎす啼く

　　　（大正2年　婦人評論　「三浦君が離室にて二首」の一首）

　　　　　　（解釈）窓の前の瀬戸内海の海岸が　瀬となってしま
　　　　　　　　　　った　その白い波を眺めていると
　　　　　　　　　　ホトトギスが鳴いているのが聞こえるよ

「瀬戸内海」（お遍路中の香川県仲多度郡にて）

> Not included in 15 collections

Through the window facing Seto*

I've found the shallows appearing,

The white waves coming and going.

I can hear little cuckoos sing

Seto Inland Sea*

　大正2年、父親の葬式で坪谷に11か月ほど留まり、5月14日に許しが出て実家を後にする。18日、今治・尾道間にある岩城島を訪れ、門下三浦敏夫氏の離れに滞在した時にこの歌を創った。
　4行全8音節で、2〜3行目に韻を踏んだ。3行目にピリオドをうち、4行目に重心を置いた。

歌集未収録作品

ふるさとの　み山に生ふる

竹の子の　みづみづ伸びよ

やよ歌の友

　　　（解釈）ふるさとの山奥に生えている筍が
　　　　　　　新鮮で若々しく伸びているように
　　　　　　　君も歌の道で伸びてくださいね

「やよ歌の友歌碑祭」(令和元年5月27日)

Not included in 15 collections

As the young bamboos grow lithely

Deep in the mountains, my old friend:

My disciple in my homeland!

May your poetic soul ripen

　越智渓水氏は坪谷の出身で、牧水の古い門下生だった。13歳の年齢差があり、お互いを「繁あんちゃん」(牧水の本名は'繁')、「通ぼう」(渓水の本名は'通規')と呼び合うほどの親しい間柄だった。大正6年夏、越智氏は、牧水に坪谷の干し筍を送り、その礼として牧水が歌集『白梅集』の扉にかいてきたのがこの歌である。

　4行全8音節でそろえた。「やよ」という親しみの呼びかけを、三つの'my'に込めた。

歌集未収録作品

のぼり来て　平湯峠ゆ

みはるかす　飛騨の平に

雲こごりたり

（大正10年　早稲田文学　10月号）

　　（解釈）峠をやっと登りきって　そこから見渡す
　　　　　飛騨の平原は　あいにく雲がかかって
　　　　　何も見えないなあ

「伊予　栄福寺より」（お遍路途中の愛媛県今治市にて）

Not included in 15 collections

Looking down from the highest point

After having climbed up the ridge,

I can see only the thick clouds

Over the wide field of Hida*

Hida Takayama*

　大正10年沼津に帰るために白骨を発ち飛騨に向かった。上高地に一泊したあと、平湯温泉に泊まり、翌日平湯峠に登った。海抜1680メートルもあるこの峠は、当時は大変な山道で、そこから見える飛騨の国、そして中心地高山は早稲田大学の旧友が住み、中学からの親友平賀春郊が中学教師として赴任していたこともあり、心惹かれていたところであった。4行、全8音節で訳した。

歌集未収録作品

なつかしき　城山の鐘

鳴り出でぬ　幼かりし日

ききし如くに

(昭和2年　延岡にて)

　(解釈)　なつかしい城山の鐘が鳴りだした
　　　　幼い頃に聞いた時のように
　　　　心に響きわたるなあ

台雲寺より10時の鐘を聞きなが
ら…（宮崎県延岡市にて）

　尋常高等小学校、中学校の8年間を延岡で過ごした。明治36年11月、雑誌『中学世界』の俳句欄に「若山牧水」で初めて掲載された。まさにこの時、本名「繁（しげる）」から「牧水」が誕生した。

　この歌は、昭和2年牧水が

Not included in 15 collections

Shiroyama bell has just rung

It reminds me of my schooldays

Nostalgically it's sounding

As I listened to it while young

喜志子婦人を伴って出かけた朝鮮揮毫旅行の帰りに延岡北小路の台雲寺に立ち寄って詠んだ作品である。当時の住職の長田観禪(かんぜん)和尚は牧水の母マキの兄で、「叔父さん一つ出来た」と言ってこの歌を朗詠しつつ涙ぐんだという。

　４行全８音節で、１〜４行目に韻を踏んだ。

若山牧水の英訳と
英語圏における受容について

一、作品選択の根拠について
Reasons for Selecting 100 Poems

　牧水の短歌を英訳するにあたり、歌碑や名歌とされる歌を中心にしたやり方や恋・旅・酒・自然といった牧水の歌の特徴別に分けるやり方なども意義は十分にあります。しかし、私はつまるところ牧水の人となりや生き様を考慮する時、できうる限り、年を重ねて成長し変化していく牧水を追いかけることが、一番適切であると考えるに至りました。よく知られた歌は、小枝子との恋の歌を中心とした歌集で、一番売れた第三歌集「別離」ですが、それに偏りすぎないように伝えたいと配慮したのです。そこで、歌集以外の歌も含めながら、できるだけ古いものから新しい歌を、十五歌集を中心に選ぶことにしました。基本的には、歌集に載っている順にそろえて、元歌は参考文献の中にある『若山牧水全歌集』からそのまま抽出しました。

　牧水の歌は、確かに平明で分かりやすいと思いますが、自分なりの現代語訳を付けて英語での解釈に臨むことにしました。またできうる限り、作品の背景についても触れながら、理解を深めてもらおうと努めています。英語による解釈上の参考になる説明も随所にちりばめてみました。

刊行された歌集名と、その年、並びに牧水の年齢は次のとおりです。

第　一歌集『海の聲』	明治41年（1908）24歳
第　二歌集『独り歌へる』	明治43年（1910）26歳
第　三歌集『別　離』	明治43年（1910）26歳
第　四歌集『路　上』	明治44年（1911）27歳
第　五歌集『死か藝術か』	明治45年・大正元年（1912）28歳
第　六歌集『みなかみ』	大正２年（1913）29歳
第　七歌集『秋風の歌』	大正３年（1914）30歳
第　八歌集『砂　丘』	大正４年（1915）31歳
第　九歌集『朝の歌』	大正５年（1916）32歳
第　十歌集『白梅集』	大正６年（1917）33歳
第十一歌集『さびしき樹木』	大正７年（1918）34歳
第十二歌集『渓谷集』	大正７年（1918）34歳
第十三歌集『くろ土』	大正10年（1921）37歳
第十四歌集『山桜の歌』	大正12年（1923）39歳
第十五歌集『黒　松』	昭和13年（1938）没後

　　　（昭和３年９月17日、沼津の自宅にて永眠。享年43歳）

二、短歌の英訳の問題（韻律の扱い等）について
Rhymes and Syllables

　昭和33年に本多平八郎氏が、本格的に牧水の歌100首を英訳してTHE POETRY OF WAKAYAMA BOKUSUIという本を出版しています。本多氏の功績には計り知れないものがあり、短歌翻訳に対する学識と信念には学ぶところが大いにあると確信しています。そこで、本多平八郎氏の論文、"English Translation Of Tanka"からのその考えを考察してみたいと思います。

　氏は、5行詩の韻律の型を使って訳した学者と4行詩で訳した学者に分かれる、と指摘します。そして、5行詩を好んだ学者は短歌の31音節を5行に、すなわち5－7－5の上の句と、7－7の下の句とにそれぞれ分けたとして、『武士道』に見られる新渡戸稲造の訳した唯一の短歌を例にとって解釈しています。

("English Translation" 43-44)

> Isles of blest Japan!
> 　　　　Should your Yamato spirit
> Strangers seek to scan,
> 　　　　Say--scenting morn's sun-lit air,
> Blows the cherry wild and fair

「敷島の大和心を人問はば朝日ににほふやまざくらばな」(本居宣長)です。音節を、5－7－5－7－7と揃えて、1〜3行目と、4〜5行目の最後にしっかりと韻を踏んだ名訳だと私は思います。本多氏は、1行目から4行目に3つの詩脚(音歩)があり、最後だけが4つの詩脚となっていて、上の句が9つで下の句が7つあり、このビートの不規則性は、一貫して強弱格を用いないと避けがたい、として5行詩に伴う「なにかしっくりいかない」不規則性の問題を指摘しています。

　しかし本多氏は、読み手が短歌を楽しむという限りにおいては、4行詩でも5行詩でもいい、とも述べているのです("English Translation" 47)。私も、読み手が楽しめる解釈であればどちらでも問題にならないという姿勢で解釈を心がけました。そもそも日本語にはアクセントがないので、英語のようなリズムに乗せること自体が不可能なようにも思われます。しかし、牧水の日本語としてのリズミカルな「しらべ」を、翻訳の中の英語一語一語の中に、そしてフレーズ同士のつながりの中で、一首一首の「牧水の心」を、その歌の背景を明らかにしながら、英語でいかに解釈して、できるだけ分かりやすく伝えるかという視点で進めていけ

ば、自ずといい解釈が生まれてくるはずだと念じました。韻律や文学性も大事ですが、まず、牧水の「想い」を大切にしたいという信念で始めました。

本多氏は、短歌がソネットと同様に、定型詩であることを訳者が知っているなら訳はそこまで自由ではないし、いったん短歌の訳の伝えるべき方法を生み出したら、その方法を徹底させるべきだと感じる、とも示唆を与えてくれます（"English Translation" 44）。しかし、私にとっては、その極みにまで達するには、遥かな道のりです。ですから、牧水短歌の英訳のあり方を私なりに模索して、型にはめられる部分と、そうでない部分の微妙な境界に迫っていきたいと考えました。

韻を踏むことに関しては、竹本博士の理論を紹介しながら、交互に韻を踏むのが一番優雅であり、「銀（しろがね）も金（くがね）も玉も何せむに勝れる宝子にしかめやも」を例にとりながら、2行連句に韻を続けて踏むのは避けるべきだ、という理論を紹介しています。（"English Translation" 45）。

    Nor silver, nor gold, nor the gem
        Has any charm in life's career,
  What treasure could there be found in them,
      More precious than my children dear?

この訳は、確かに弱強のリズムや韻の踏み方において素晴らしい訳ですが、この訳がこれまでも、またこれからも最高の訳だとは言いきれないと思います。ことによると、型にはめようとして、大切なものを見失うこともあるでしょう。

　*English Mainichi*紙の記事の中で、本多氏は5－7－5－7－7の短歌の最大の欠点はその人工的すぎるところや、リズムを犠牲にして音節の数に注意を払いすぎているところにあり、何百と短歌を翻訳してきてこの信念に至った、と述べています。これらのことからも、全て型にはめることは必ずしも最善の短歌英訳法ではないと考えました。とは言っても、短歌は定型の韻文であり、訳に一定の型を与えることにより、一目見て短歌と認識できるようになるだろう、という本田氏の見解も意識しつつ、自分の解釈に臨むことにしました。

　本多氏はまた、間違いなしの悪い訳より、間違いもある良い訳の方が好きであり、間違いのある良い訳の方が間違いなしの悪い訳よりオリジナルに対して害が少なく、読者は前者を通して原文の美しさを享受し、後者は読者をその原文を読む価値のないものに思わせてしまうのだ、とも述べています。この「間違い」

を、「全てを型にはめない」と勝手に置き換えて、牧水原文の心を伝えることの信念をもって翻訳に取り組むことにしました。ともあれ、本田氏の考えが私の英語による解釈に多大なる示唆を与えてくれたことに変わりはありません。「師の説に泥(なず)まざること」という本居宣長の言葉も肝に銘じて、自分なりの解釈を進めることにしました。是非、楽しんで読んでいただきたいと思います。

三、「白鳥は哀しからずや空の青海のあをにも染まずただよふ」の英訳に関わる一考察

Annotated Interpretation of the poem, "白鳥は哀しからずや空の青海のあをにも染まずただよふ"

　この歌は明治40年12月に発表され、同41年の第一歌集『海の聲』に収められた牧水の代表作で、今でも人口に膾炙し、多くの人に愛唱されています。古語の「かなし」には「哀しい」の他に「愛しい〜いとしい」の意味もあります。後に牧水が「かなしからずや」と、ひらがなに改めたことからも、二つの意味が微妙に込められていると読みたいですね。

　昭和33年に発行された、本多平八郎氏の翻訳歌集では、

Lonesome the floating swan must be
Amidst the cobalt of the sea,
Beneath the azure of the skies,
As white upon the waves he lies!　（３）

と訳されています。交互ではありませんが、1〜2行目に、'be','sea'、3〜4行目に'skies','lies'と韻を踏みながら全行8音節で格調高く4行詩にまとめていま

す。全31ならぬ、32音節です。本多氏の基本的な訳し方です。先ず、「浮かんで見える白鳥'swan'はさびしいにちがいない」と客観的に捉えています。白鳥は飛びながら漂っている説と、海に浮かんでいる説とに分かれますが、本田氏は後者を選んだのです。初めて発表された時は、白鳥に「はくてふ」のルビがあったので'swan'と訳し、「空」と「海」も逆だったことを意識したのか、訳出の時にも'sea'を先にもってきているのも興味深いですね。白に対照的な「青」と「あを」とのその違いを、'cobalt'（海のあを）と'azure'（空の青）で分けて訳しています。また、「かなし」とは捉えずに、「さびし〜'Lonesome'」としたのも、鳥を複数ではなく'he'「一羽の鳥」を意識してそうしたのかともとれます。また、歌中には「波 」' waves'はありませんが、歌の重心である「白」を際立たせるために波の白を連想させ、「染まず」という言葉は無視して、「波の上にしっかりと白として存在して浮かんでいる」と、白鳥の強さ（牧水自身が欲しただろう）を強調して歌を終えているところには脱帽します。

　私は以下のように解釈しました。

　「あの一羽の白鳥（かもめ）よ、君は哀しくないのかなあ。しっかりと鮮やかな白さだなあ。空の青や海の青に染まらない強さをもってふわりと飛びながら漂っ

ている。愛おしいなあ」

　そこで、こう解釈してみました。

White bird!
Are You not sad?
In the sky so blue
Or in the ocean's blue
Not stained, You waft

　歌の内容は奥深いですが言葉は平易で分かりやすいので、そのままの句順に直訳を試みました。たった5文字の「シラトリハ」ですが、歌の始まりとして、牧水は読者に「私の見ているあの白鳥を一緒に見てごらん」と言っているようにずっと感じていたので、"Look at that white bird"「あの白鳥を見てごらん」としたかったのですが、後に出てくる'you'が読者か白鳥か不明瞭になるのと、訳のはじめの、「白鳥は〜」の調べがだらりと長くなるのを避け、"White bird!"と呼びかけにしました。この歌の重心が「白が青に染まない」ところにあるとすれば、'cobalt'や'azure'をあえて使わずに、シンプルに'white'と'blue'の色と音を対比させて、1〜2行目、3〜4行目の終わりを、'bird- sad、blue- blue'と繋いでみました。また、全21音節ですが、's'の

音を5回訳中に忍ばせました。そのほうが調べの歌人牧水の歌にふさわしく、「寂寥感」も増すように思ったからです。

　染まずは、シマズとも読めて白が青に少しも染み込まずにと捉え'in'を2回繰り返しました。牧水は「手にとらばわが手にをりて啼きもせむそこの小鳥を手にも取らうよ」という歌にあるように、小鳥たちと話ができたと伝えられるアシジの聖フランチェスコと同様、生涯純粋な心を持ち続けた歌人でした。ここでは、遠くから自分の心を白鳥に託し、鳥と同化しようとしたのだと思います。そこで、牧水短歌によく見られる、二人称'You'を使い、呼びかけにして、2回とも意図的に大文字としました。"Not stanined"には、「色にも染まらない」と「他の影響を受けて汚れない」の二つの意味を込め、「ただよふ」には、'waft'（ふわりただよう）を選びました。小さい頃から亡き父が朗詠していたのを何度も耳にしてきて、そのイメージが私の頭に染み付いているからです。2句切れの短歌なので、"You waft"「君はただようのだ」と主語・動詞で力強く最後を締めてみました。あくがれの歌人牧水に敬意を表して、「私も君（白鳥）のように染まらずに生きてみたいものだ」との想いを裏に込めたのです。まだまだ考察の余地はあると思っています。

四、牧水の『短歌作法』に見る自然感と独自性
Bokusui's Originality and his Perspective toward Nature through his book, Composing Poetry

　上野の展覧会で観た絵に対して語る中に、牧水の独自性としての「自然感」が読み取れます。次のようです。

　作者の霊魂が「自然」の一部としてあるがままの光輝を持っており、何等の曇や埃をおびていなかったとしたならば、すなわち何等の概念や習慣に囚われていなかったとしたならば、其処で忽ち「自然」と作者との相互の霊魂がぴったりと相一致して渾然たる光輝を発するに至るのである。古今集の序文に、「歌は天地を動かし、鬼神を泣かしめ」と書いてあるのは取りも直さず此処に言うこの大自然の霊魂と作者の霊魂とが融合一致した一種の霊妙境をいうにほかならぬものと私は信ずるのだ。(中略) 私はできるならば、そうした「自然」を玩弄物視するような愚かな僭越な態度を捨て、できるだけ深く、「自然」の懐に身を托して、自分と「自然」との融和を計り、そして「自然」の心を自分の口を仮つて歌い挙ぐるということにしたいのである。「自然」の心を、光を、身に帯びて安らかに歌

い挙げるという境地にまで進みたいのである。(下編　第二　自然そのものとその概念　87-88)

　絵もまた、自然の中に潜む真髄や真実といった根本的なるものをミーメーシス（模倣）することの中に芸術性を秘めていると言えると思えますが、牧水はその時に観た絵に対して内面的なるものを、玩弄物視するような愚かな僭越な態度として決めつけ、認めようとはしませんでした。単純な意味での模倣としか映らなかっただけかもしれません。ある意味、短歌至上主義とも言えるほどに、歌そのものの中にのみ自分を置こうとしたのです。もちろん、「眞實に傑れた絵と云はれてゐるものなどからは、我等は何とも云ふことの出來ない一種微妙な感動を受ける」とも述べています。この牧水の芸術への厳しさも独自性と言えるのではないでしょうか。さらに、その姿勢を裏付けるように、同じ「短歌作法」の中で牧水は以下のようにも述べています。

　歌を詠むのは、「自分」を知りたいからである。「自分の霊魂」に触れたいからである。痛いばかりに相触れて、はっきりと自分というものを掴みたいからである。「自分」と親しみたいからである。唯一無二の

「自分」というものがこの世の中にある。その自分とともに何の隙間もなく、それこそ水も漏らさぬように相擁して生きていく、凡そ世の中に楽しみは多かろうがこれに勝る楽しみは無かろうと思う、これに越す楽しみは無かろうと思う。歌を詠むのは誠にその楽しみのためである。歌を詠むのは、「自分」を守り育てたいからである。(中略) 歌はみずからがうたう子守唄である。(中略) 人は自ら歌うことによりて自ら慰み、自ら歌う聲を聽きて自ら勵む。極まりなき寂寥の路、人の生(よ)にありてこの歌聲のみ或は僅かにその人の實在を語るものであるかもしれぬ。(下編第二　自然そのものとその概念　81-82)

　外から来るものに対して神経を動かすことはなかったように思われます。自分を知りたければ、短歌以外にはありえない、とまでに聞こえますよね。ほかの楽しみ、絵や音楽やその他の世の中のあらゆる楽しみに優って歌を詠むことが勝っているのだという、歌う事の至上主義のような態度も読み取れます。歌を詠む(あえて詠む、とは声に出して楽しむことだと取れるし、朗詠することが短歌のよろこびであることもうかがえる)ことは自分を守り育てる子守唄であり、慰み、励み、極まりない寂寥の路であり、歌声だけがその人の実在を語る

「大正9年3月」(『写真帖』より)

かもしれない、とまで言い切っています。その人と言っているからには、牧水自身だけではなく、この文章を書いた読者に対して、または全ての人間にとって、とまでに聞こえてくる強い姿勢にも、牧水の独自性がうかがえるように思うのです。

五、現代に生きる牧水
Bokusui in the Present Age

　大正期を経て、2年しかないが昭和まで生きた牧水の業績が、消えない記憶や記録となって受け継がれてきていると思います。そして、歌の中に、「故郷を想う心」「自然をこよなくいとおしむ心」「日本古来のやまとを偲ぶ心」が存分に歌われており、操ったのではなく心の奥底から生まれでた言葉を、自然に詠った牧水の心が現代もなお愛好家の心を掴んで離さない原因だと思うのです。だからこそ日本全国に歌碑が数多く建てられ親しまれ続けているのだろうと確信します。その歌碑（含　文学碑）の数は、300基を超えるといわれます。牧水の文学的生命力や共感といったものの現れがそこにはっきりとうかがえる気がします。「不透明と言われる現代」の中にこそ求められている「自然に対する透明感」こそが、縄文時代から今に繋がる牧水の現代性であると言えるのだと思います。さらに言えば、現代人も古来からの自然に対する人の魂をくすぐるDNAを受け継いでいるんですよね。その魂を揺さぶるものこそが、牧水の現代性と言えると思うのです。

六、英語圏読者にとっての牧水の意味
Bokusui for Foreign Readers

　何を持ってできるだけ多くの英語圏読者の様々な層の人々に牧水が重要かは難しい問いですが、自然に対する捉え方が特に万葉の時代から日本人の心に根付くものとしての代表格として牧水の自然感に見いだせるからだ、というのも一つの見方であると思います。自分の歌を評した次の歌の中に牧水の心を読み取ることができるでしょう。

　　山山のせまりしあひに流れたる河といふもの寂しくあるかな

この歌に対して牧水は、若山牧水全集第3巻（牧水歌話　第1編　和歌評釋　自歌自釋）の中で次のように語っています。

　大きく、重く、暗い山が幾つとなく重なり聳え、それらの麓を縫うて一條の河が流れ出て、やがてまた山の間に其姿を没している。或日の夕暮、一人の旅人がその河の河原に来て佇んだ。彼の目の前には山はまことに暗く重く、行くともない河の流れは夕空の除光を宿して鏡のように光っていた。物音も無

いこういう境地に立っていると自分ひとりこの宇宙の間に生きている様な寂しい物々しい感じに襲れて、彼は対岸の渡舟を呼ぶのさえ忘れはて永い間この河に対していた。(61)

ここには、明らかにふるさと宮崎の坪谷川が牧水の心にあったことが窺えます。祖父が「省淵盧」と名づけて移り住んだ場所です。そこから南には険しい断崖面が眼上に聳える尾鈴の山がほぼ正面に、そしてやや斜めに眺められます。また、眼下を右から滝のように流れてきた瀬が、目の前でくのじに曲がってそこだけが豊かな淵となって、左むこうに流れていく坪谷川のなす渓の風景が見渡せます。そのような日本の里山の風景は、西欧人の感じるそれとは趣が少し違っているように思います。「美学・芸術学」(放送大学教育振興会)の中で、青山氏は次のように書いています。

　デカルトが近代の礎石となった、近代主観主義により、機械論的な単なる広がりでしかないものの連なりとして自然を見るからこそ、人間中心主義となり、自然を切り取り、加工し、利用して、支配し、奪い取り、開発してきた。

少し誇張して言えば、欧米ではデカルト的な自然を

人間の意のままにしてきた感があります。もちろん、特に文学界では、ロマン派がその流れに異をとなえたり、オリエンタリズム・ジャポニズム・東洋志向等が19世紀から20世紀初頭にかけてはやりはしました。そして、日本もまた、戦後の近代化の渦の中で、デカルト的影響を少なからず受けてきた事実は否めません。それらを考慮してもなお、牧水短歌の言葉の中には、西欧の近代主観主義的な思想が根底を流れる西欧圏・英語圏の大方の人達には馴染みにくい風景と日本人的な感傷を思い起こさせるものが確かに含まれていると思います。牧水の死後、土岐善麿や川端康成も、「東洋的」とか、「東洋風の悟り」と牧水の短歌を「追悼の言葉」の中で評しました。また、「わが行けばわがさびしさを吸ふに似る夏の夕べの地のなつかし」の歌の中にも、アスファルトの道路では感じられない、自然への強い親しみと自然を自分の味方につけたいという心情が読み取れます。そのような自然観は、その心を忘れかけている日本人にとってもそうですが、英語圏読者に伝えたい牧水の歌の重要性の一つであると思っています。

　この牧水の31文字を、英語で翻訳となると至難の業です。しかし、だからこそ工夫をして、英訳・解釈していくことこそ肝要であると考え続けているのです。

七、英訳にかかる問題点と今後の課題について
After Interpretation and Challenges For the Future

　5行詩か4行詩については、試訳の60首までは、ちょうど半々くらいでしたが、推敲をするうちに5行詩を4行詩に変えたものがあり、最終的に牧水の歌100首のうち、5行詩が37首、64首が4行詩となりました。(「水の音に似て啼く鳥よ……」を、4行詩と5行詩で解釈したため) 韻に関しては、216～217ページの竹本博士の交互の韻が理想的とは思われます。しかし、本田氏でさえ、例えば1行と2行、3行と4行にと工夫されたり、韻を踏まなかったりと試行をされています。私も、できる限り工夫をして試してみましたが、全てにはできませんでした。あくまで、牧水の心を伝えることを第一に意識したつもりです。

　5行詩に関しては、音節の数や韻を意識したものも多いですが、解釈をしっかりしたうえで、音節や韻は無視して、声に出して読んだときに、リズムを感じたりシンプルに心に響くものはそのままにしました。5－7－5－7－7の音節で15首できました。

　4行詩で訳したものの中で、全8音節にまとめたものが一番多く、43首となっています。

　5行詩、4行詩どちらにせよ、固有名詞(花・魚・

樹木)が出てくると、音節が増えて、その数をそろえたり、無理に31音節又は32音節の数にあわせることは不可能な場合も出てきます。そういう場合には、単語の選択を工夫したり、できうる限り韻を踏むなどして楽しみながら、同時に読者に楽しんでもらうように工夫してみました。ともあれ、まだまだ試行錯誤を続けてすすめていきたいと思っています。

　※なお、初版発刊後、牧水の元歌等に若干の誤りがありました。お詫びいたしますとともに、本第2版で訂正できる機会が得られたことは、何よりの喜びとするものであります。

(令和元年9月佳日記)

参考文献 Bibliography

- 青山昌文『美術・芸術学研究』東京、一般財団法人　放送大学教育振興会、2013年
- 伊藤一彦『若山牧水〜その親和力を読む』東京、短歌研究社、2015年
- 大谷和子『名歌即訳若山牧水』東京、ぴあ株式会社、2004年
- 興梠慶一・伊藤一彦『牧水研究』第16号・第20号　宮崎、鉱脈社、2014年、2016年
- 大悟法利雄『若山牧水全歌集』東京、短歌新聞社、1976年
- 大悟法利雄『若山牧水新研究』東京、短歌新聞社、1978年
- 俵万智『牧水の恋』東京、文藝春秋、2018年
- 延岡東ロータリークラブ『〜繁が牧水になったまち延岡〜若山牧水』宮崎、鉱脈社、2015年
- 若山喜志子・大悟法利雄編『若山牧水全集』第三巻・第四巻東京、雄鶏社、1958年
- Honda, Heihachiro. The Poetry of Wakayama Bokusi. Tokyo: Hokuseido P, 1958.

［写真］
- 大悟法利雄『牧水写真帖』東京、新声社、1968年
- 民俗展示室の「カマ」(p90) ／宮崎県総合博物館所蔵資料
- 民家園の「囲炉裏及び自在鉤写真」(p152) ／宮崎県総合博物館所蔵資料

あとがき Epilogue

　今回の英訳に関しては、まだまだ考察すべき課題が多く残っています。試行錯誤してはみたものの、果たしてこのやり方で様々な読者に、牧水の心をできるだけわかりやすく伝えることができるかは疑問の残る点がまだまだ多いと思います。今後さらに続けていく時に、それぞれの訳にどのような英語の注を付けるか、また、歌の背景等をどこまで説明に加えるかなど考慮すべき点が多々あります。読者の皆様のご意見に耳を傾けながら、または実際に、英語圏の様々な読者に読んでもらい、素直に耳を傾けて同時に自分の考え方をより広げながら、私の英語による解釈の独自の形（型）を模索し続けていくことが肝要であると考えています。今後もこの英語による解釈の試みを、ライフワークとして深めていきたいと想いをふくらませています。

　なお、この本の基になったのは、放送大学大学院で

仕上げた、「若山牧水の英訳と英語圏における受容について」と題した修士論文です。文化科学研究科・人文学プログラムでお世話になった研究指導責任者である宮本陽一郎教授には、多大なる示唆をいただきました。先生に、「寺原さん、本にしてみたらどうですか」と言われた時、「まさか」と思いながらも、「大丈夫でしょうか」との私の問いに、即座に「寺原さんの作品として出されればいいのですよ」と答えてくださって、「そうか、自分なりの作品にしよう」と、心に言い聞かせながら進めてきた次第です。また、試訳の段階で、平成31年3月まで勤めていた宮崎日本大学学園の、ホームズ先生、マーク先生、ウートレス先生からのご助言も大いに参考にさせていただきました。この場を借りて心より感謝の意を表したいと思います。

筆者紹介 About the Author

寺原 正喜（てらばる まさよし）

1955年生。日向学院中学・高等学校を経て、関西学院大学文学部米文学科卒業。英語教師として、県立高校臨時を経て、公立学校10年間の勤務の後、宮崎日本大学学園に29年間勤めて、平成31年3月退職。同時に、放送大学大学院（文化科学研究科・人文学プログラム）修士取得。論文テーマは『若山牧水の英訳と英語圏における受容について』。現在宮崎市在住。趣味はソフトテニス・愛犬（ボーダーコリー・ブルーマール種）との散歩・だれやめ（焼酎・ギネスビール）等。

THE・BOKUSUI 若山牧水100首英訳 31

2019年6月29日初版発行
2019年10月5日第2刷発行(修正版)

著 者　寺原正喜
発行者　川口敦己
発行所　鉱脈社
　　　　〒880-8551 宮崎市田代町263番地
　　　　電話0985-25-1758

印刷・製本　有限会社 鉱脈社

© Masayoshi Terabaru 2019　印刷・製本には万全の注意をしておりますが、万一落丁・乱丁本がありましたら、お買い上げの書店もしくは出版社にてお取り替えいたします。(送料は小社負担)

発掘・継承・創造──《いのち》をうけ継ぎ・育み・うけ渡そう──